屠岸译文集

莎士比亚
叙事诗·抒情诗·戏剧

[英]威廉·莎士比亚 —— 著

屠　岸 —— 译

北方文艺出版社

图书在版编目（CIP）数据

莎士比亚叙事诗·抒情诗·戏剧 /（英）威廉·莎士比亚 (William Shakespeare) 著；屠岸译．-- 哈尔滨：北方文艺出版社，2019.5

（屠岸译文集）

ISBN 978-7-5317-4418-4

Ⅰ．①莎… Ⅱ．①威… ②屠… Ⅲ．①叙事诗－诗集－英国－中世纪②抒情诗－诗集－英国－中世纪③历史剧－剧本－英国－中世纪 Ⅳ．① I561.13

中国版本图书馆 CIP 数据核字 (2018) 第 279749 号

莎士比亚叙事诗·抒情诗·戏剧

Shashibiya Xushishi Shuqingshi Xiju

作　者 /［英］威廉·莎士比亚

译　者 / 屠　岸

责任编辑 / 王　爽　王丽华

封面设计 / 锦色书装

出版发行 / 北方文艺出版社

邮　编 / 150080

发行电话 /（0451）85951921 85951915

经　销 / 新华书店

地　址 / 哈尔滨市南岗区林兴街 3 号

网　址 / www.bfwy.com

印　刷 / 三河市龙大印装有限公司

开　本 / 880mm×1230mm　1/32

字　数 / 246 千

印　张 / 12.5

版　次 / 2019 年 5 月第 1 版

印　次 / 2019 年 5 月第 1 次印刷

书　号 / ISBN 978-7-5317-4418-4

定　价 / 48.00 元

1984年，屠岸先生在莎士比亚研究中心

崇高的美在夜莺的歌声中永不凋零

——《屠岸译文集》（八卷本）序

冷色的牧歌！
等老年摧毁了我们这一代，那时，
你将仍然是人类的朋友，并且
会遇到另一些哀愁，你会对人说：
“美即是真，真即是美。”——这就是
你们在世上所知道、该知道的一切。

这是英国浪漫主义杰出诗人济慈的著名颂诗《希腊古瓮颂》中的最后几行。诗人在诗中以极大的热情赞颂了希腊古瓮崇高的美，并将这永恒而崇高的美与人性的真、生活的真结合在一起，使得美与真达到统一，永不凋零，而这正是诗的译者，诗人、翻译家、我亲爱的父亲屠岸先生一生的追求。在莎士比亚十四行诗中，诗人感叹时间摧毁一切的力量，痛惜生命的短暂和无常。但同时，诗人用生命的繁衍和诗歌的艺术来与冷酷的时间抗衡，歌咏了诗之美与生命之美必然战胜世间一切假恶丑的崇高境界。父亲正是以他对永恒之美的追求跨越了生命界限，实现了他生命的终极价值。可以说，父亲从他所翻译的诗歌中获得了灵感和力量，他的灵魂与原作的精神达到了高度的契合，而他的翻译也同时赋予了这些诗作以新的生命，让它们在我们这个古老的东方国度焕发出不灭的璀璨异彩。

一

早在20世纪40年代，父亲就开始了诗歌翻译的历程。他未曾读过英文专业，对英语的兴趣源自他对英语诗歌的热衷。按他的说法："还没有学语法，就先学背英语诗歌。"那个时期，背诵、研读英语诗歌给他带来无尽的乐趣。太平洋战争爆发后，日本人进入上海英法租界，很多英美侨民被抓，他们家中的藏书流入旧书市场，父亲便常常去旧书市场"淘"原版书，英语诗歌作品成为他淘书的一大目标。惠特曼、莎士比亚、斯蒂文森的诗集便是他在旧书摊或旧书店中所获。

1940年，父亲完成了他人生中第一首英语诗歌的翻译，那是英国诗人斯蒂文森的《安魂诗》，他用了五言和七言的旧体诗形式进行翻译。虽然这首译作当时并未发表，但他此时的翻译却带给他信心，开启了他诗歌翻译的道路。1941年，父亲在上海的《中美日报》副刊《集纳》上发表了第一首译诗：美国诗人爱伦·坡的《安娜贝儿·俪》。1946年，他开始给上海的《文汇报》副刊《笔会》

和《大公报》副刊《星期文艺》等报刊投稿，发表了他翻译的莎士比亚、彭斯、雪莱、惠特曼、里尔克、波德莱尔、普希金等多位诗人的作品。1948年11月，父亲在家人和友人的资助下自费出版了他的首部英诗汉译诗集——美国诗人惠特曼的《鼓声》。惠特曼是美国19世纪的大诗人，开创了美国的诗歌传统。《鼓声》中收入的52首诗作均为惠特曼在美国南北战争时期创作的诗篇。他在诗作中歌赞了林肯和他领导的北方军的胜利。这些诗作充满激昂而自由的格调，有一种豪放、洒脱的气质。那时的父亲风华正茂，极富朝气，一心向往自由和民主，惠特曼的正义与热情是与他当时的精神气质相呼应的。而出版惠特曼的《鼓声》，则是考虑到当时国内政治形势的需要。他原本打算出版自己的诗集，但这些诗篇中的所谓“小资情调”被朋友们认为不合当时的革命形势，于是他改变主意，出版了《鼓声》。他用惠特曼诗中所歌咏的北方喻指延安和西柏坡，南方喻指国民党南京政府。其中的政治寓意是隐晦的，但感情十分真诚。

惠特曼首创英语自由体诗，不讲究用韵，但并非没有节奏，且它的语言往往如汹涌的波涛，滚滚向前。父亲的翻译主要采用直译的方式，力求在诗句的气韵和节奏上体现原诗的风貌，语言自由洒脱、奔涌流泻。请看下面的诗句：

我们是两朵云，在上午也在下午，高高地追逐着；

我们是互相混合着的海洋——我们是那些快活的波浪中的两个，相互在身上滚转而过，又相互濡湿；

我们是大气，透明的，能容受的，可透过的，不可透过的；

我们是雪、雨、寒冷、黑暗——我们是地母的各种产物和感召；

我们周游而又周游，最后我们回到家里——我们两个；

我们已经离开了一切，除了自由，一切，除了我们自己的喜悦。

这是《我们两个——我们被愚弄了多久》一诗中最后的诗行。诗人歌咏了与世界、自然和万物合为一体的自我，有一种清新、洒脱、自由的精神。不受格律限制的自由诗的形式与诗中表达的内容是相融合的。译诗保留了原诗的句子和语势，语句时而简洁短促，令人感到轻松活泼；时而冗长松散，带有悠然自在之气。

1943年底，父亲从上海旧书店“古今书店”的年轻店主，后来成为他挚友的麦杆手中，获得了一本他非常喜爱的《莎士比亚十四行诗集》的英文原版书，这使得他后来翻译莎士比亚十四行诗的愿望得以实现。这本由夏洛蒂·斯托普斯编注的《莎士比亚十四行诗集》制作精美而小巧，注释详尽，由伦敦德拉莫尔出版社于1904年出版。父亲得到此书如获至宝。20世纪40年代中期，他开始翻译这本《莎士比亚十四行诗集》。父亲说：“一开始翻译，就为这些十四行诗的艺术所征服。”但莎士比亚生活的年代是在16世纪末、17世纪初，那时的英语与现代英语仍有很多不同，翻译起来有不少语言上的困难。父亲找来其他注释本进行查阅比对，如克雷格编的牛津版《莎士比亚全集》一卷本（1926）。他还曾经写信求教于当时复旦大学的葛传椝教授，并得到他的指点。1948年《鼓声》出版时，莎士比亚十四行诗已经被翻译出了大部分。随着当时政治形势的发展，这部诗集的翻译工作停了下来。解放后，西方的作家作品被认为是资产阶级的文艺，不宜出版。直到1950年3月，父亲在一次登门向胡风先生约稿时被胡风先生问及现在正在做什么，父亲答曰，在翻译莎士比亚十四行诗，胡风先生说莎士比亚的诗是影响人类灵魂的，对今天和明天的读者都有用。胡风先生的话对父亲是巨大的鼓励，促使他译完了余下的全部诗稿。当年11月，中国第一部完整的《莎士比亚十四行诗集》由上海文化工作社出版。书中在每首十四行诗之后附有较详尽的译解，受到冯至先生的称赞。该译本在"文革"前多次再版。1964年，这个译本经全面修订之后给了上海文艺出版社（上海译文出版社前身），但未及出版，"文革"便开始了。"文革"期间，该译本以手抄本的形式在民间流传，很多人能够将其中的诗篇背诵出来。改革开放之后，上海译文出版社找到了这本莎翁十四行诗修订稿的原稿，经父亲再一次修订之后于1981年出版。此后，屠译《莎士比亚十四行诗集》又不断再版，形式也更加多样，有英汉对照版、插图版、线装版、手迹版等，累计印数达50余万册，成为名副其实的经典常销书，在读者中产生了广泛影响。

莎士比亚十四行诗与惠特曼的诗风完全不同，那是一种类似中国古典格律诗的英语格律体诗歌，共十四行，有严格的韵式和韵律。父亲的翻译采用了卞之琳先生提出的“以顿代步，韵式依原诗”“亦步亦趋”的原则。这里的“顿”指的是以汉语的二字组或三字组构成的汉语的自然节奏，“步”指的是英语诗歌中的“音步”。早在20世纪20年代，闻一多先生在探讨汉语新诗时提出了汉语节奏上的“音尺”概念，后来孙大雨先生又提出了“音组”。卞之琳先生将他们的概念发展了，提出用汉语的“顿”来代替英语诗歌中的“音步”，即“以顿代步”。他还提出了在翻译中要依原诗的韵式进行等行翻译，形成了完整的英语格律诗翻译原则。父亲对此非常认同，他曾与卞先生探讨“以顿代步”的翻译方法，并在其诗歌翻译中不遗余力地进行实践。请看十四行诗第18首的前两行：

> Shall I / compare / thee to / a su / mmer's day ?
> Thou art / more love / ly and / more tem / perate.

译文为：

> 我能否／把你／比作／夏季的／一天?
> 你可是／更加／可爱／更加／温婉。

英语十四行诗中一行有五个音步，这里用斜杠画出，每个音步中包含一轻一重两个音节，译文每行也分为五顿，准确地传达出原诗的节奏和韵律。在韵式方面，译诗也严格按照原诗ababcdcdefefgg

的韵式进行翻译，以求全面表现原诗在形式上的风貌。这样的翻译在一些人看来或许过于苛求，会导致为了形式而削弱诗的神韵。而父亲的翻译能够较为灵活地运用汉语，在形式上做到与原诗契合的同时，亦十分注重译文的通顺和意思的明晰，在选词上也尽量在意境上贴合原诗的神韵。在父亲看来，译诗要达到与原诗在精神上的契合必须做到形神兼备，尽量做到在形式和内容上与原作统一。这样的翻译原则为国内不少成功的译家所采纳，比如杨德豫先生、黄杲炘先生等。卞之琳先生在他的文章中认为，父亲的翻译和杨德豫先生、飞白先生的翻译标志着“译诗艺术的成年”。

二

“文革”期间，父亲的翻译工作停滞了。直至改革开放的春风吹来，父亲的诗歌创作和诗歌翻译又开始焕发出新的活力。自20世纪80年代直至父亲远行，他先后完成了《济慈诗选》《英国历代诗歌选（上、下册）》《一个孩子的诗园》《我知道他存在——狄金森诗选》《莎士比亚诗歌全编》等译作，为中国的英语诗歌汉译增添了缤纷的异彩。

父亲与英国诗人济慈的最初结缘也是在20世纪40年代。他那时非常喜欢济慈的诗作，百读不厌，很多诗都能背出。当时他还翻译过《夜莺颂》，但可惜的是，译稿早已丢失。之所以对济慈的诗作情有独钟，是因为他和济慈都在22岁的年纪得了肺病，济慈因病在25岁早逝，而父亲也认为，当时治疗肺病没有特效药，自己恐怕也会有济慈那样不幸的命运。更为重要的是，他在思想和精神上与济慈有相近之处，那就是他们都崇尚美，要用美来对抗丑。因而，他时常“把济慈当作异国异代的冥中知己，好像超越了时空在生命和诗情上相遇”。“文革”期间父亲被下放五七干校，在精神压抑和思想苦闷时他就默默背诵济慈的诗篇，这成为他缓解精神压力的途径，使得他苦闷的情绪得到缓解。可以说，济慈的诗成为他那时的精神依托。改革开放之后，父亲又开始陆续翻译济慈的诗篇。1997—2000年，他用了三年的时间，完成了《济慈诗选》的翻译，了却了他一生的心愿。济慈的诗有多种体裁，要将这些不同体裁的诗作全部依原诗的形式进行翻译是需要极大功力的。比如，济慈的六大颂诗语言结构复杂，韵式变化多端，意象繁复而意境悠远。要将这样的诗篇以准确而畅达的语言译出，非得有深厚的英汉语言文化底蕴不可，而父亲的翻译则读来清新自然，全无生涩拗口之感，又兼有原诗的雅致与温润。请看《秋颂》的前几行：

> 雾霭的季节，果实圆熟的时令，
> 你跟催熟万类的太阳是密友；
> 同他合谋着怎样使藤蔓有幸
> 挂住累累果实绕茅檐攀走；
> 让苹果压弯农家苔绿的果树，
> 教每只水果都打心子里熟透。

平实自然的语言将秋天丰润的气息、诗人平和旷达的心态传达殆尽。该译本收入了济慈所有重要的诗篇，在当时和现在都是国内收入济慈诗篇最全的译本。在翻译的质量方面，该译著也得到了读者和翻译界的充分肯定，于2001年获得鲁迅文学奖翻译奖。

父亲在20世纪40年代除了翻译惠特曼和莎士比亚的诗作之外，还翻译了大量其他英语诗歌，尤其是英国诗歌，总共有四大本。但这些诗作一直未得出版的机会。“文革”中这些诗作在抄家时被抄走，父亲原以为这些凝结着他早年心血的译稿从此一去不返了。值得庆幸的是，这些诗稿经历了多年的磨难之后被退还给父亲。他欣喜若狂，开始考虑重新修订这些诗作，并将各个时期的英国诗歌补充完整。2001年，我去英国诺丁汉大学访学，父亲嘱咐我关注英国诗歌的情况，并协助他收集有关英国历代诗人和诗歌的资料。我受父亲嘱托，尽我所能收集相关资料，在以前较少受国内学界和译界关注的女性诗歌、非传统主流诗歌、现当代诗歌和经典诗歌的近期动向等方面，替父亲找到一些资料。2001年，我陪同父亲在欧洲游历期间，父亲也曾和我一起去诺丁汉大学的图书馆查阅资料。他得到这些资料之后即刻着手进行翻译。2007年，父亲翻译的《英国历代诗歌选（上、下册）》由译林出版社出版。该诗集共收入155位诗人的583首诗作，上启英国中世纪民谣，下至英国20世纪晚期诗歌，收入英国诗歌篇目之多，涵盖英国各个时期诗作之全，选篇角度之丰富，可以说在国内各家英国诗歌选本中是首屈一指的。而这两卷本的《英国历代诗歌选》是父亲凭一己之力，历经半个多世纪的艰辛独自完成的。这些诗中的大部分从20世纪40年代起就陪伴着他，真可谓历尽风雨和磨难。在他编译这部煌煌译著的后期，我参与到书的编译工作中，直接见证了父亲对诗歌翻译的巨大热情和孜孜不倦、认真细致的态度。

20世纪80年代初，母亲刚刚退休，又因病做了手术在家休养。父亲为了让母亲能在闲暇时精神有所寄托，便和母亲商量做一些力所能及的诗歌翻译工作。母亲也是诗歌爱好者，两人商量之后决定将斯蒂文森的《一个孩子的诗园》翻译成汉语。父亲初识《一个孩子的诗园》是在上海“孤岛”时期。有一天，他在旧书店见到这本英文版的洋装书，倾囊购得，爱不释手。诗中孩子天真而充满童趣的幻想和纯洁无瑕的美好情谊，使他与之产生了强烈的共鸣。从那时起，这本儿童诗就深深地印刻在他的脑海中。父亲一生对子女、对孩子倾注了无限的爱。他崇尚华兹华斯所说的“儿童乃是成人的父亲”，直至老年还保有一颗纯质的童心。此次幸得与母亲共同翻译这本诗集的机会，父亲每日下班回来都兴致盎然地修改母亲在日间译得的初稿。对孩子的爱、对诗歌的情，使他们每晚在一起度过了最为快乐的时光。这本诗集于1982年由人民文学出版社出版之后，父亲又陆续编译出版了《英美儿童诗一百首》《著名英美少儿诗选（六卷本）》等多部儿童诗集。

20世纪90年代，方平先生主编《新莎士比亚全集》，他邀请父亲翻译其中的莎士比亚剧作《约翰王》和除《莎士比亚十四行诗集》《维纳斯与阿多尼》之外的其他莎士比亚诗作。《约翰王》由父亲独自完成，而莎士比亚的诗篇，父亲要我与他合作进行翻译，我翻译初稿，他来修改定稿。我珍惜这次难得的译诗机会。那时孩子刚刚出生，我就在孩子熟睡之后挑灯夜战。每周去看望父亲时就将这周翻译好的诗稿交给他，由他来进行修改和定稿。我译的初稿往往被父亲改得面目全非，不成样子。我惭愧不已，父亲却全然没有不满和失望，总是鼓励我继续译下去。就这样，经过近一年的努力，我们终于完成了译稿的任务。而就在我们这次合作翻译之后，父亲的心头又多了一个念想：将莎士比亚的诗歌全部翻译出来，将来出版莎翁诗全集。这个愿望在2016年得以实现。2015年，北方文艺出版社来向父亲约稿，父亲提出可出版莎士比亚诗全集，得到出版社的大力支持。当时，只差《维纳斯与阿多尼》一部长篇叙事诗未翻译出来。父亲提出，此次仍由我来翻译初稿。这时的父亲已经近93岁高龄，但他仍然兴致勃勃地为我修改审定译稿。译稿最终获得父亲的肯定，使我一颗悬着的心落了地。2016年，《莎士比亚诗歌全编（上、下卷）》由北方文艺出版社出版，完成了父亲晚年的一个心愿。

狄金森是与惠特曼齐名的美国诗人，但她的诗玄妙而晦涩，时而空灵俊秀，时而隐晦神秘，很多诗作至今读来仍如未解之谜。2013年，中央编译出版社约父亲翻译美国19世纪女诗人狄金森的诗歌。父亲答应了，并要我来翻译。我们经过第一次翻译感到有些问题尚未解决，译稿不尽如人意。于是我们又在第一次译稿完成之后，进行了第二次全面修改和校订。其间，父亲的兴头始终未减。

60多年前，他翻译出版了美国19世纪大诗人惠特曼的诗集，如今我们又一起翻译出版了另一位美国19世纪重要诗人狄金森的诗集，我能感觉到，父亲心中是感到欣慰的。

三

对于翻译，父亲崇奉的是严复的“信、达、雅”三原则。而在这三项原则中，他认为“信”是中心，是第一要义，“达”和“雅”是两个侧面。“信”就是要忠实于原作的内容和精神；“达”就是要通顺、畅达，使读者能听懂、看懂；而“雅”指的是要在译作中体现原作的艺术风貌。没有“信”就谈不上“达”“雅”，不“达”、不“雅”也就说不上“信”，因而，他主张全面求“信”，这是他总的翻译原则。

那么，怎样才能做到忠实于原作呢？父亲认为，在翻译时首先要准确、深入、全面地理解原文，探入原作的内里，如形象、情感、意境、气质、语调等，去把握原作的精神。在翻译过程中要对原作做一些分析研究，以便更好地了解原作。因而，父亲在每次翻译之后，译者序、译后记以及一些随翻译而写出的论文也就应运而生了。其次，他主张用通晓、畅达的现代汉语将原诗的内容和意境表现出来，同时注意吸收古典文言文和民歌方面的有益之处，将其化入自然的口语中。虽然他并不反对运用文言文或其他语言形式（如元散曲）来翻译外国诗歌，但他认为那样的语言过于“归化”，与原作的异域精神气质并不相合。他翻译的诗作大多语言自然晓畅，又不乏典雅含蓄之美。在译者方面，父亲借用了济慈的“客体感受力”这一诗歌创作美学概念来阐释译者与原作者的关系。“客体感受力”的英文原文是negative capability，直译的话应该是“反面的能力”或“消极的能力”。而父亲认为，济慈所说的这个能力，是指诗人应该有一种把自己原有的一切抛开，全身心地投入他所吟咏的对象中去的能力，以此形成物我合一的状态来进入诗歌的创作实践。因而，他将这个术语译作“客体感受力”，并将这一诗歌创作美学创造性地运用到诗歌翻译当中，提出译者在翻译的过程中要处于“忘我”的状态，抛弃原有的思维定势，全身心沉浸到原作者的情绪和精神中去，感受原作者的一切，与他的灵魂相拥相抱。只有这样，译者的翻译才能把原作的精神实质用另一种语言传达出来。同时，要把原作的内容和精神传达出来，就要在诗歌的形式方面做到尽量忠实于原作，因为“信”必须体现在内容与形式的结合上。英语诗歌有多种形式和体裁，父亲在翻译时采用的是以汉语新格律诗译外国格律诗，以汉语自由诗译外国自由诗的策略。

父亲翻译的英语诗歌形式多样而富于变化。收入本译文集的诗篇仅在《济慈诗选》一册中就出现了颂诗、十四行诗、叙事诗、民谣、长篇故事诗等不同的体裁，而父亲的翻译无不依循原诗的格律和形式，同时又在此基础上对不同体裁和风格的诗作作灵活处理。19世纪中后期的英语诗歌逐渐走出了传统的格律形式，出现了自由体诗。现当代诗歌在形式方面则更为灵活多变，内容也比传统英语诗歌更为复杂、难解和隐晦。收入本套译文集的还专门有儿童诗一册，其中的诗篇大多充满天真的童趣，音韵节奏活泼灵动，适合儿童的口吻和心理，也适宜于儿童朗读。在处理这些不同形式和风格的作品时，父亲亦能应对自如，在翻译中尽可能做到与原作达到形式和气质风格方面的双重契合。在翻译儿童诗时，他十分注重儿童的心理和语言表达口吻，比如，将“Independence”（意思为“独立”）译为“谁也管不着”；把“Escape at Bedtime”译为“该睡的时候溜了”，一个“溜”字，把孩子的心情表达得极为生动，活灵活现。

诗歌翻译永远是留有遗憾的艺术，但父亲总是尽力将这种遗憾减少到最小。译作出版之后，只要有再版的机会，他总要对译作进行不断改进。《莎士比亚十四行诗集》就经过了大大小小数次修改。在父亲看来，翻译工作永无止境。他不仅多次修改自己的译作，绝不放过任何可能的错误，而且热情扶持年轻的译者，对他们的翻译提出意见和建议，甚至亲自为他们修改译稿。对于各种不同的翻译方法和翻译路径，他认为只要译者态度是认真严肃的，他就予以接纳，他的心态是开放而宽容的。

父亲做诗歌翻译大多出于兴趣，年轻的时候尤其如此，但后来他感到了肩负的使命，这种使命感到了晚年愈加强烈。近年来，他多次为翻译工作进行呼吁，在很多场合提出翻译对推进人类文明，对促进各国之间的文化交流，对丰富甚至建构本民族的文化具有重要意义：没有翻译，我们就永远不会认识但丁、莎士比亚、塞万提斯……西方就永远不会知道中国的屈原、陶渊明、李白、杜甫……没有翻译就没有人类的文化交流和沟通，那样，各民族的文化就会被封闭在黑暗之中。因此，翻译成为人类文明进程中不可或缺的一个重要元素。这样的信念支撑着父亲走过了70多年的翻译生涯，从20世纪40年代到父亲远行，他的生命中始终有翻译陪伴。他将济慈诗中夜莺的歌声带给了我们，带给了这个世界，夜莺也将载着他去往那永恒的美的世界，让他与他钟爱的诗歌，与他的冥中知己永远不离不弃。

本套译文集收入了父亲20世纪40年代以来翻译的诗歌作品，以及莎士比亚的剧作《约翰王》。为了统一全套书的体例，原《鼓声》中的诗篇收入《美国诗选》中，其中的五幅插图和封面木刻及社标图因体例原因忍痛割爱。《英美儿童诗选》中除《一个孩子的诗园》之外的其他诗作此次为首次面世。父亲在20世纪40年代发表的其他语种的诗歌翻译作品，以及他将中文诗歌作品译成英文的译作，未收入本套译文集中。此外，父亲在20世纪50年代还翻译出版过的《诗歌工作在苏联》、南斯拉夫剧作家努希奇的《大臣夫人》等，也未收入本套译文集中。

感谢北方文艺出版社对出版本套译文集的全力支持！2017年7月，当父亲和我表达出想编辑出版这部译文集时，北方文艺出版社即刻做出决定，表示同意出版，并派出了编辑着手开展工作，他们为此套译文集的出版付出了大量心血。在此，我们对宋玉成社长，王爽、王丽华等编辑表示衷心感谢！父亲生前已经确定本套译文集的编目和编辑体例，但他未及见到书的出版便离开了我们！现在，我们终于可以告慰他的在天之灵！

章　燕

2019年1月25日

目　录

叙事诗

抒情诗

戏 剧

叙事诗

维纳斯与阿多尼

让那些乌合之众去崇尚卑微的事情吧，
愿金灿的阿波罗赐我溢满卡斯塔利亚灵泉的水杯。①

献　词

谨呈尊贵的南安普顿伯爵兼蒂契菲尔德男爵亨利·莱阿斯利阁下②

尊贵的阁下：

我深知将这粗鄙的诗行献与您阁下大人，这对您将是一种怎样的冒犯，世人将怎样谴责我选择了您这强有力的靠山来支撑如此不

① 这段题词原文为拉丁文，引自奥维德的《爱情论》1.15.35—6。阿波罗是太阳神，帕纳索斯山上的卡斯塔利亚泉对于阿波罗和缪斯来说是神圣的泉水。

② 当时的诗人往往会为他们的诗作寻找高贵的庇护人。南安普顿伯爵是莎士比亚的庇护人，1593 年这部诗作出版时，南安普顿伯爵年方 20 岁。

足道的负担；然而，只要尊贵的大人您对它似感到愉快，我即认为自己已得到了至高的褒奖，并发誓要利用一切闲暇时光，直到我以更佳的作品呈献与您以表达我对您的敬意。但假定我这首部诗作被认定是有缺陷的，我会为它曾拥有如此高贵的教父，并在耕作之后土地仍如此贫瘠而感到羞愧，唯恐这土地将来会给我带来更微薄的收成。我因此将它呈奉给尊贵的阁下您，请您予以勘察，以使尊贵的您心中感到满意，而我则期盼它始终能满足您的愿望及世人的期许。

您最忠实的仆从

威廉·莎士比亚

太阳初升，带一轮暗红的圆脸
向滴露洒泪的清晨作最后告别，
面颊红润的阿多尼正忙着追赶。
他拿爱情当笑柄，只喜欢打猎。
苦苦相思的维纳斯紧追不舍，
向他求爱，像个冒失的求婚者。

“你可比我美得多，”她这样开口说，
“野地的花王，美丽得无与伦比，
比壮男更加可爱，教仙女逊色。
较玫瑰红得鲜艳，比鸽子更白皙：
自然造了你，和她自己争高低，
说世界伴随着你的生命而终止。

“你美的奇迹，听从我，别让马奔跑，
把他高傲的头勒紧，抵住鞍头。
假如你屈就这好意，作为酬劳
千万个甜美的乐趣由你来享受：
快来坐，这里没有毒蛇的嘶嘶声，
坐好了别动，我要吻遍你全身。

“不要厌腻不情愿，别紧闭嘴唇，
而是要无数的亲吻还让它觉得饿，

让双唇在不断的亲吻中红润白嫩：
十个吻好比才一个，二十个顶一个。
夏日一整天像一个时辰般短暂，
在打磨时光的玩乐中让日子消散。”

她说着，将他潮热的手掌抓牢，
那掌心聚集了精气和生命的力量，
她激动得战栗，唤它为止痛香膏，
人世间最好的药膏教女神欢畅：
欲望使得她心急气躁添力气，
猛地一把将阿多尼拽下坐骑。

骏马的缰绳搭在她一条臂膀上，
另一条臂膀搂紧那娇嫩的少年，
他满脸轻蔑，双颊羞得红又涨，
对这乐子没兴趣，不懂得寻欢：
她的热情红似火，像煤炭烧得旺，
他羞得满脸绯红，却冷淡如冰霜。

她敏捷地将那打着饰扣的缰绳
系在粗枝上。爱情啊来得急切！
就在这一刻，骏马已经被拴紧，
她开始露身手教骑师就范服帖：

她向后推搡他，就好像她被推向前，
她用力制服他，可他却完全不情愿。

他身子刚倒地她就急忙躺下来，
这两个都用胳臂和腰部撑起身：
时而她轻抚他的脸，时而他满怀
恼怒骂不停，她赶紧堵住他嘴唇，
一边吻一边说，娇媚的话儿说不够：
“你若是还骂，就永远不让你开口。”

他羞得面庞似火烧，她满脸泪花
浇冷了他那处女般红润的脸蛋，
再用风似的叹息和金色的柔发
把她追逐得湿漉漉的面颊吹干。
他骂她不识羞耻，且行为不轨，
话音还没落，她便吻得他闭了嘴。

她好似一只饿鹰，腹中空荡荡，
用尖喙撕扯着羽毛、皮肉和尸骨，
她扑闪双翼，狼吞虎咽急慌慌，
要么噎着喉咙，要么猎物下肚：
就这样她吻他的眉毛、面颊和下巴，
吻完了，重新吻一遍，绝不作罢。

他强行被逼叹无奈，可心中不服，
躺地上直冲着她的脸呼呼喘气。
她吸了这气息，好似吸食了仙露，
说这是天国的仙气，高贵无比，
巴不得她双颊是长满鲜花的乐园，
让这番雨露的精华来滋养浇灌。

瞧啊，好一只小鸟在巢中乱扑跳，
阿多尼被紧紧束缚在她的怀里。
羞愧和畏惧的抗争令他心烦躁，
那一双愤怒的眼睛却更加亮丽：
雨水使已经涨满的河水再高涨，
这必然导致那河水溢出河床。

她一遍遍哄他央求他，好话说尽，
给他讲美妙的故事想将他打动。
可他仍又恼又烦，满心的愤恨，
脸颊气得煞白，又羞得绯红：
她最爱他这红脸蛋，说起那煞白，
她心里的最爱有了这就更加欢快。

无论他啥模样，她总是充满爱意，

凭借美丽而非凡的神手她发誓，
要拥有他温柔的心胸，绝不放弃，
直到他不再让她流泪，停止争执。
她已是泪雨涟涟，双颊湿漉漉，
亲一个甜吻便偿还无尽的债务。

他答应了她的恳求，将下巴微微抬，
像一只小鹧鸪隐约在浪花间窥探，
它刚一露头，鸭子们就蜂拥过来，
就这样他抬起她极度渴望的脸蛋。
可就在她的唇要贴近扬起的面庞，
他闪烁着眼睛把嘴唇扭向了一旁。

比起烈日下旅行者对水的渴求，
她期盼爱情的恩泽更热烈更焦渴。
眼见有疗效的良方却无法到手，
她痛哭，按捺不住爱情的烈火：
“可怜我！”她哭诉，“铁石心肠少年郎！
我求你一吻，你为何羞怯躲一旁？

“有个人来向我求爱就像我求你，
还不惜发动惨烈而恐怖的战争。[①]

① 指维纳斯被宙斯许配给火神赫里斯特斯，而维纳斯与战神马尔斯交欢，生下丘比特，为此惹怒了火神，由此引发神与神之间的战争。

激战中他强健的脖颈高高扬起，
每一场厮杀他都能最终获胜。
可要是他被我俘获就服服帖帖，
央求我给他你不求就有的一切。

“在我的祭坛上他放下那杆长矛
和破旧的盾牌，头盔上的羽毛直挺。
为了我他学着去嬉戏玩乐和舞蹈，
要把戏逗乐打趣迎笑脸，再调情。
战鼓和血红的战旗他全都瞧不上，
把我的臂膀当战场我的床做营帐。

“但凡他要的一切全凭我来支配，
一条红色的玫瑰链便使他成囚犯。
强力造出的钢铁服从更强的指挥，
可对我羞怯的藐视，他顺从百般。
别再耍性子，别吹嘘你那点力量，
要征服那击败战神的女神是妄想。

“把你那可爱的嘴唇凑过来亲一亲——
我的唇不比你的美，可也红得艳——
这亲吻属于你自己，也令我欢心。
地上有啥好看的？快抬起你的脸。

细看我眼睛，你的美就在我眼中，
眼睛中有眼睛，为何唇和唇不相碰？

“亲吻你怕难为情？那就闭上眼，
我也把眼睛闭起来，白昼变夜晚。
爱情只留给一对情人去寻欢：
作乐要大胆，可别叫外人看见。
我们就靠在这蓝色紫罗兰花束旁，
这事儿定没人会窥见去到处乱讲。

“你那诱人的双唇青涩而鲜嫩，
还在未熟的当口儿，好教人尝个够。
别浪费这大好年华，虚度了光阴，
美丽的年少时光别白白溜走。
好花儿就得在盛开时赶快采摘，
否则不多时它们就褪色衰败。

“有一天我美容不再，皱纹满面，
又老又丑，体态佝偻，嗓子哑，
眼流泪，身子冷，一脸倦怠，讨人嫌，
干瘪，枯萎，浑身无力，眼睛瞎，
到那时你尽管收手，我不再属于你，
但此时我毫无瑕疵，你为何厌弃？

“在我的额头上见不到一丝皱纹，
灰色的眼睛滴溜溜转动闪闪亮：[①]
我的美一年年增长好似那初春，
皮肤柔嫩而丰润，生命力兴旺。
手掌湿又滑，若是你的手触摸它，
它就会在你的手掌中分解、融化。

“和我说说话，会让你心醉神迷，
要么像小仙人跳荡在绿色的草地，
或是像飘散着柔美长发的小仙女，
在沙洲上翩翩起舞，脚印无踪迹。
爱情是精气，源于火一样的热力，
别往下沉落，要轻盈地向上升起。

“你看我躺在这长满月见草的岸边，
绵软的花朵像结实的树木托着我：
两只轻快的鸽子牵引我上蓝天，
从清晨到夜晚，有兴致和我玩乐。
爱情是如此轻快，可爱的少年，
还是如你所想象的沉重而讨厌？

① 那时灰色的眼睛被认为尤其美丽。

“莫非是你的心在和你的脸相亲?
右手真能在左手上把爱情抓牢?
那就向自己求婚，再拒绝这爱情:
偷走自己的自由，又埋怨这偷盗。
纳西瑟斯就这样自己作践了自己，
向小溪中亲吻自己的影子而溺毙。

“造火炬为照亮，戴宝石为装饰，
美味要人尝，娇艳需有人欣赏。
香草发香味，树液流淌结果实。
万物为自己生长便是滥用生长:
种子来源于种子，美产生了美，
你得到诞生，繁衍的责任不能推。

“若大地不依靠你的后代来养育，
你为何要吸收大地物产的养分?
你按照自然的法则该生儿育女，
你死了，儿女会延续你的生命:
尽管你已经离世，你仍不消亡，
你的容貌活跃在后代的身上。”

这时候单相思的仙后开始冒汗，

在他们斜躺的地方树影全不见。
太阳神身披正午灼热的衣衫，
瞪着烧红的眼睛向他们俯瞰。
巴不得阿多尼赶着车驾飞奔，
而自己能如少年般陪伴着女神。

阿多尼没精打采，满脸沮丧，
他表情凝重，眼神黯淡心不甘，
紧锁的眉头占据了俊俏的面庞，
如同雾蒙蒙的云朵将天空遮暗。
他哭丧着脸儿叫嚷：“呸，别谈爱！
太阳灼烧我面颊，我一定得走开。”

“唉，”维纳斯说，“你年轻却如此无情，
有什么不足道的借口能让你离去！
我要吹一口仙气，柔和的微风
会吹凉正在下沉的太阳的热力。
我还要为你遮阴，用我的长发，
若长发烧着了，就用泪水浇灭它。

“从天堂洒下的阳光耀眼而温和，
瞧啊！我就躺在你和太阳之间：
我受到太阳灼热的伤害并不多，

烧我的是你的眼中射出的火焰，
假如我不能永生，生命便会于
上天的太阳和你这太阳间终止。

“你固执如顽石，心肠比钢铁还硬？
滴水能穿石啊，你比顽石更强固：
你是否妇人所生养，怎能对爱情
没感觉，不知晓缺少爱情的痛苦？
哎呀，假如你母亲也如此心狠，
她就会死去，你压根不会出生。

“我是什么人，你对我如此轻看？
难道我向你求爱会带来大祸？
可怜的亲吻会使你双唇暗淡？
说点好话吧，美少年，否则就沉默：
给我一个吻，我把它回敬给你，
若要两个吻，那一个便是利息。

“呸！冷漠的顽石，没生气的画像，
精雕细刻的偶像，却迟钝而麻木，
这塑像没用途，只让人看着舒畅，
相貌似人形，却不是妇人所养育：
尽管你像个男子，却并非真男子，

只有真男子会欣然与爱人亲昵。”

说完了，她已急切得再无法出声，
高涨的激情让一切都暂时停息，
面颊红，眼似火，热情烧得她发昏：
爱的女神，已爱得丧失了理智；
一忽儿哭泣，一忽儿说个没完，
她抽抽搭搭，话儿总被自己打断。

有时她摇头，然后又摇动他的手，
这会儿她盯着他瞧，过会儿低头看；
有时候她双臂围起来把他紧紧搂，
她要抱住他，他却百般不情愿：
他努力挣扎着从她的怀中脱逃。
她则将百合般的手指紧握攥牢。

“亲人儿，”她说，“我已经把你围住，
围在这象牙般洁白的栅栏里边儿，
我就是乐园，你是只可爱的小鹿：
你可在我山上吃草或深谷中撒欢儿，
在我的唇边放牧，若草儿枯黄，
就向下游荡，快乐的泉水在流淌。

“我这个园子你可以尽情享用，
深谷中水草丰润，平原宜人，
圆滚的双丘耸起，灌木丛生，
能给你遮风挡雨，还给你庇荫：
做我的小鹿吧，我这乐园真正好，
没有狗儿来惹你，随它去汪汪叫。”

听到这番话阿多尼轻蔑地笑笑，
双颊上显露出一对可爱的酒窝；
爱神造了这浅坑，若爱神不保，
他也好在这小小的坟墓中安卧，
他早就知晓，假如他来到此地，
必定会活下去，因为爱情不死。

两个可爱的小圆坑，迷人的陷阱，
像张开的小嘴，将维纳斯一口吞下去：
她爱得疯狂，此时又怎会清醒？
已受了第一次重击，何须第二次？
可怜的女神，被爱的法则抛弃，
爱上个脸蛋，正在嘲笑她自己。

这会儿她该做什么，要怎样开口？
她好话已说尽，内心却更加哀伤。

时间已流逝，她爱的人儿却要走。
他极力挣脱那将他紧搂的臂膀：
“可怜我吧！”她哭叫，“你发发慈悲！”
他一跳逃走了，匆忙地跃上马背。

可是，瞧啊，前面不远的树丛里，
有一匹健壮的母马正热情高涨，
她瞥见阿多尼那四蹄踏地的坐骑，
便打着响鼻跑过来，嘶鸣声声响。
树桩上拴着的骏马扬起脖颈，
挣断缰绳直冲着那母马飞奔。

他又跳又叫，吐着气，忘乎所以，
缠着的肚带被挣脱，散落在一旁，
坚硬的蹄子踩踏得地面陷下去，
像天庭的雷鸣，地下发出了回响，
嘴里的铁嚼子被他用猛力咬断，
驾驭他的东西反过来由他掌管。

他竖起耳朵，那原本编结起来
垂在颈背上的马鬃一根根直立，
他两个鼻孔吸进了空气又喷出来，
就好像喷出的是来自火炉的水汽；

他眼睛闪烁着蔑视一切的火光，
显出十足的勇气和高涨的欲望。

他时而踏碎步小跑，像是数步子，
带着那文雅的庄严和谦逊的得意，
忽而又立起后腿，腾跃，嬉戏，
好似在说："看啊，我多么有力气，
我是在展露一身的功夫去吸引
一旁标致的小母马好教她听命。"

他怎会听主人那气愤忙乱的吆喝声？
"喂喂，"主人哄他，"听着，快停！"
他哪里顾得马勒紧、马刺踢得疼？
哪顾得马饰是否美、马衣是否正？
他的眼睛里只看见他的小母马，
高傲的目光中没有哪个比过她。

假如画师想绘出俊美的马匹，
画得比真马还要更强健优雅，
那技艺是在跟自然的天工争高低，
仿佛画的马超过了现实中的活马：
这坐骑就像在画中，论体格、勇气、
毛色和步态，一般的真马不能比。

蹄子滚圆骨节短，从毛硬又粗，
胸脯宽阔眼睛圆，头小鼻孔大，
颈背高耸耳朵短，腿长力量足，
鬃毛细软尾巴粗，臀宽厚皮细滑：
瞧瞧，好马该有的他全都拥有，
只缺个在他背上驰骋的好骑手。

他忽而疾速狂奔，再驻足盯着瞧，
紧接着又猛跑搅起了一片羽毛，
他准备和风儿做游戏追逐赛跑，
可他那是飞还是跑谁也不知道：
呼啸着掠过鬃毛和尾巴的疾风
吹起了毛发像羽翼一般在舞动。

他看着他的所爱，冲着她嘶叫，
她嘶鸣回报像懂得他的心思：
她见他求欢便露出满心的高傲，
像女人做一副冷漠疏远的样子，
嘲笑他的热情，轻视他的爱，
他要去抱她，她一蹄子将他踢开。

于是，他像个失意者心情沉闷，

让尾巴松垂下就像低垂的羽毛，
好为那被浴火融化的后臀庇荫。
他气得去撕咬苍蝇，把地猛刨：
他爱的母马看见他是这样气恼，
就温和起来，他的气这才渐消。

他那怒冲冲的主人四下里拦他，
而这时，未驯服的母马心生畏惧，
唯恐被捉住，一溜烟儿将他撇下，
她跑他去追，把阿多尼撂在原地：
这俩似乎发了狂，疾奔进树林，
乌鸦拼命飞也没法子赶上他们。

阿多尼气得心冒火，跌坐在地，
大声骂他那匹畜生太难以驾驭；
爱神的机会又来了，恰逢其时，
她正害相思，这机会让她心欢愉：
情人说爱的心意如不能凭口舌
去表白就会受三倍的煎熬还多。

炉子关起来，炉火会烧得更旺，
河流受阻隔，河水会涨得更满：
畅快地说出压在心里的悲伤，

爱情的欲火才能够得到减缓，
可要是心意的代理人不开口说话，
这场官司当事人肯定会输到家。

他见她走过来，脸上开始发热，
仿佛将熄的木炭，风一吹又燃起，
他拉下帽檐遮挡住紧锁的前额，
低头看冰冷的地面，心烦意乱，
没注意爱神已经走到了身旁，
他便斜着眼将她好一番打量。

快看啊，这是怎样的一幅景象，
女神悄悄地走近了固执的少年，
她面颊的色泽显示出激斗的双方，
煞白和殷红相争斗，交替互换：
刚才那脸庞还惨白，很快便闪现
火红的光焰，像天庭发出的雷电。

这时，她已经来到阿多尼跟前，
像低声下气的求爱者屈膝跪下，
用她的一只纤手掀起了那帽檐，
又用另一只柔手抚摸着他面颊：
柔嫩的面庞经她的软手触摸，

显出印痕如雪花在地上飘落。

他俩的目光开始了激烈的争战，
爱神的明眸凝视他，祈求心切，
少年的眼睛瞧着她，视而不见，
她的目光在恳求，他满眼轻蔑：
这哑剧伴着泪一出一出演得真，
像齐唱涌出歌声，她泪雨倾盆。

此刻她轻握他的手，尽显温情，
那手如百合被雪白的牢狱囚禁，
又仿佛象牙被白色的圆箍套紧，
白皙的朋友将白皙的对手围困：
美的打斗，一个不肯，一个急追，
像两只栖息的白鸽，喙对着喙。

她再次启动思想的传达器，开口说：
“最美的人啊，你活在世间大地上，
我只愿我像你一样，而你则像我，
我的心换你的，你的心承受我的伤，
你投我和悦的目光，我帮你疗伤，
纵然治愈你伤痛的是我的死亡。”

“还我手，”他说，“你为何要摸我的手？”
“还我心，”她说，“就将你的手归还。
把心给我吧，免得你狠心去铸就，
铸成了钢铁，就不会去留心喟叹。
再不会留意爱情的痛苦呻吟，
因为阿多尼已将我的心铸硬。”

“你真不害臊！”他叫，“快快放手：
我的好事全泡汤，我的马没了影，
这全都怪你，我那骏马才跑丢。
我求你放我走，留我独自一个人，
我正心焦，满脑的思虑和所想，
就为找到马，唤马回到我身旁。”

她答道：“你的马原本就该向前奔，
甜美的好事靠近了，他热烈迎候；
爱情像一块火炭，烧起来须降温，
要不然心焦似烈火，有苦要受。
大海有界，可欲望强烈无边际，
你的马跑掉，本不必惊讶叹气。

“他被拴住时，多像匹困顿的驽马，
服服帖帖地受一根皮鞭子管束，

可一见他的所爱——青春的报答，
他便对这样的管束不屑一顾，
挺起了颈背把缰绳甩在一旁，
他的嘴、胸、背全都松了绑。

“有谁见他的真爱裸身躺床上，
白润的玉体教雪白的床单逊色，
他饥渴的目光饱食眼前的景象，
而别的感官却不寻同样的快乐？
有谁真如此怯懦，天气寒冷，
也不敢去和火热的对象触碰？

“让我替那马求情，温柔的小伙，
我诚心诚意恳求你学他那样做，
要尽情享受送到眼前的快乐。
他用行动教会你，即使我不说。
学着恋爱吧：这门功课很容易，
一旦了然于心，便不会再失去。”

“我不懂恋爱，”他说，“也不想懂爱，
除非那是头野猪，我才会追赶，
借给我的太多，而我不想欠债；
我要是去恋爱那就是让爱丢脸，

听人说恋爱就是在死中求生，
有笑有哭走完恋爱这一程。

“有谁会身穿还没做成的衣裳？
有谁会采摘还没出芽的花蕾？
初生的东西受到一点点损伤，
长到青春期就会凋敝、枯萎：
若是没长大的马驹驮物被人骑，
就会永远长不壮，失掉神气。

“你把我捏得好疼，让我们分手，
别再谈这无聊没用的爱情话题，
别再围攻，我的心绝不会屈就：
对爱的声声呼唤它大门紧闭。
山盟海誓、假意的眼泪和媚笑，
对着一颗铁定的心全是放空炮。”

“怎么，你也有舌头能开口？”她说，
“唉，巴不得你没说，我也没听到。
你这美人鱼的声音让我更难过：
本来心沉重，现在又平添烦恼，
音调不和谐，仙乐奏出粗粝声，
那悦耳之音教心里的伤痛更深。

“要是我没有眼睛，只能凭耳听，
我就去听你内心中无形的美乐，
要是我耳聋，我就看你外在的身影，
用眼睛使全身各处都受到触觉：
纵然我无眼看不到，没耳听不见，
我也要爱你，把你上下摸个遍。

“假如说这些感官一个都不剩，
不能眼看，不能耳听，也无法触摸，
全都不中用，只有嗅觉还算灵，
我给予你的爱情仍然同样多：
从你那绝美的脸庞散发出香气，
闻到这香气就产生无限的爱意。

“哦，凭味觉你是多美的盛宴，
看护并喂养着其他那四个感官，
难道不是为这盛宴持续到永远，
为小心谨慎它们才叫大门紧关，
免得那不受欢迎的妒忌心造访，
偷偷溜进来，把这番美宴搅黄？”

红宝石一般的双唇再一次开启，

好为他说的话让开甜蜜的通道，
如红艳的黎明曾经向水手预示
海难，向大地预示将临的风暴，
预示牧羊人哀愁鸟儿的悲痛，
牧人和羊群将遇到暴雨狂风。

她已经留意到这个不吉的预示，
就像暴雨倾泻前狂风会暂息，
狼在号叫前会露出凶牙利齿，
就像李子开裂了才流出污汁，
有人举起枪，预示子弹会出膛，
他还没开口她已经猜到是啥腔。

见他这神色，她断然扑倒在地，
神色能够让爱死，也能让爱生：
微笑便能将眉宇间的伤痛治愈；
由于爱而不致衰颓，这是有福人！
那个傻孩子以为她已经归西，
便拍击她白脸直到红润升起。

他满腹惊诧放弃了当初的想法，
猛然间他想起原本要将她责骂，
是狡黠的爱情机敏地使他作罢：

愿她交好运，让这巧智保护她！
她躺在草地上好像没了气息，
直到他的呼吸被吹进她嘴里。
他捏她的鼻子，拍打她的脸颊，
他搓她的手指，又强按她的脉，
再狠吻她的唇：想出种种办法
去修补冰冷的态度对她的伤害。
他吻她嘴唇，而她心里美得很，
只要他继续亲吻，她就不起身。

悲伤的黑夜变成了白昼朗朗：
她微微张开两扇蓝色的明窗，
像亮丽的太阳披一身鲜艳盛装，
为清晨欢呼，叫大地别再忧伤。
如同太阳将壮美的天空照亮，
那两只明眸照亮了她的脸庞。

明眸的光束锁定他洁净的圆脸，
仿佛明眸从那里借来了光源。
若非他的眸子因不快而略暗，
两对亮眼相互映照如明灯一般，
她的眼透过晶莹的泪花闪着光，
像夜晚月亮倒映在湖水的中央。

“我是在哪儿？”她说，“在尘世？在天堂？
是在海底沉没，是在火中烧灼？
此刻什么时辰？是清早？是晚上？
是快乐地求死，是渴望着生活？
我刚才活着，却带有死的悲哀；
我刚才死了，却感到生的欢快。

“啊，你已杀死我，就再来一次！
你冷酷的心狡黠地教唆你眼睛，
以嘲弄的把戏，教给轻蔑和鄙夷，
将我那可怜的心儿谋害，夺命，
我这女王的真诚向导——眼睛，
除了你仁慈的双唇便盲目看不清。

“双唇将我治愈，愿双唇长相吻！
愿那深红的润泽持续地亮鲜！
永不褪色，教青春的气息旺盛，
好将这危险岁月的病疫驱赶！
占星家已给人定下了死亡判令，
却会说你的呼吸消除了黑死病。[1]

① 1593 年莎士比亚发表这首长诗时正是黑死病，即鼠疫在伦敦肆虐之时。

“你的美唇在我唇上打甜蜜印记，
我该付什么价才能保留这印记？
若卖掉我自己我也会满心欢喜，
假定你付账买下做公平的交易，
若是你做了这买卖，担心币有假，
那就将你的印在我的红唇上留下。

“买走我的心只需要一千个亲吻，
你不必着急，可悠闲地一个个付清。
这对你有啥难，不就是一千次触碰？
这个数很快就数够，一忽儿就完成。
若是你欠了账，你的吻应该加倍，
就吻两千个，难不成这叫你受累？”

“你若真疼我，”他说，“美丽的女王，
就想想我冷淡是因为我尚未长成，
我还不经事，你让我经这事，别想。
捕鱼人若见到小鱼苗都会放生：
熟李子会落地，青李子粘在枝头，
若是过早摘了吃，会满嘴酸透。

“你看，照暖大地的太阳步态倦，

结束了一天的照射在西方沉落，
黑夜的使者猫头鹰尖叫，天已晚，
羊群正返回羊圈，小鸟要回窝，
漆黑的云朵已经将天光遮暗，
召唤我们分手，相互道晚安。

“让我来告别，你也这样道晚安：
如果你说了，你就会得我一个吻。”
她便说“晚安”，他也在告别之前
将分手的报酬付清，给她以甜吻。
她双臂温柔地搂紧他的脖颈：
脸冲着脸，他们已成为一个人。

他的气被憋住，要抽身离去，收回
珊瑚色嘴唇和唇上湿润的仙露，
她焦渴的双唇熟悉那甜美的滋味，
总抱怨还渴，虽然已吸食过度：
他被按强吻，她还饿得发晕，
两个一同倒地，嘴唇粘嘴唇。

强烈的欲望捉住难逃的猎物，
她狼吞虎咽，仍感到食不果腹。
她双唇猛攻，他的唇只得屈服，

将这位攻击者索要的赎金付出。
欲望的要价像秃鹰冲天一般高，
她是要吸干他唇中富庶的珍宝。

她既已尝到战利品芳香的美味，
便让欲火冲昏头，开始强征：
鲁莽的欲望促使她胆大妄为，
她满脸是汗热气冒，血液沸腾，
已然不顾一切，将理智击溃，
忘记了脸红害臊，荣誉被毁。

他又热又累，昏沉沉被她紧抱，
像小鸟被抚弄过多不再乱扑腾，
又像被追累的小鹿不再四处逃，
或哭闹的婴儿被哄得安安静静，
这会儿他顺从服帖不再挣扎，
她虽没个够，也把一切都吞下。

硬蜡块遇热还不就溶化变软，
最终轻轻碰就使它形状改变？
无望的事情要回转得去冒险，
特别是谈情说爱，常走极端：
爱情不像灰脸的懦夫没勇气，

对手闹得凶，他才求爱不息。

当初他一皱眉，她若就此罢手，
那就不可能吸食他唇上的甜汁。
狠话、皱眉都不能教恋人罢休：
玫瑰有刺儿，也得将它采下枝！
即便有二十把铁锁把美紧锁住，
爱也会冲出来，将铁锁一一解除。

女神怜惜他，便不再将他扣留：
因那可怜的傻小子央求她放他走。
她决心已下，不再硬把他抓在手，
和他道了别，让他将她的心坚守，
她已凭丘比特的神弓赌咒发誓，
从今往后她的心都跟他在一起。

“可爱的孩子，在这哀伤的夜晚，
我受困的心灵教我无法合眼。
爱的主人，咱明天能否会面？
说呀，你我明天能否约见？”
明天他已有打算，因而只说不，
他要和朋友一起去猎捕野猪。

“野猪？”她闻听叫道，脸色突变，
好似红色玫瑰上铺一层青草，
面颊青灰：心里害怕得发颤，
双臂将他的脖子紧紧地搂抱，
勾住他的脖颈，身子往下沉，
她仰面倒地，也将他拽倒在身。

此刻她处在激情迸发的闸门旁，
盼她的斗士骑着马来一场酣战：
可最终这一切不过是她的幻想，
他跨在她身上却无意猛冲向前，
她受的折磨比坦塔罗斯①的还多，
怀抱着乐土②却总归得不到欢乐。

可怜的小鸟被画上的葡萄蒙骗，③
用眼睛饕餮了一番而肚子空空：
她对自己不幸的命运哀叹，

---

① 坦塔罗斯（Tantalus），希腊神话中宙斯的儿子。他在天神中行窃，受到惩罚，被打入地狱，忍受煎熬。他站在河水中，饥渴难耐却喝不上一滴水，虽然河水就在他嘴边；但只要他一低头，河水就往下沉，果树的枝头挂满果实，就在他头上，但他永远也够不到。

② 乐土（Elysium），希腊神话中至福极乐的世界。

③ 宙克西斯（Zeuxis），公元5世纪前后古希腊的一位画师。他的画作十分逼真，据说他曾经画过一幅画，招致鸟儿飞来啄食画中的葡萄。

像小鸟只见到果子却吃不到嘴中。
她但见他身上正失去爱的热情，
便用不断的亲吻将热情唤醒。

可是啊，好爱神，一切都是徒劳。
她把想到的办法一个个试过来；
她苦苦乞求本该得更多的回报：
她是爱神，她爱却得不到他的爱。
“呸！呸！”他嚷，“别压我，让我走！
你这样抓着我不放真是没理由。”

“甜小伙，”她说，“你原本早该走掉，
要不是你告我你要将野猪捕获。
哦，当心啊！你还着实不明了
用利矛去刺杀野猪会有啥结果，
他总是露出磨得飞快的獠牙，
像个行凶的刽子手肆意屠杀。

“拱着的猪背上密密丛丛地长满
尖硬的鬃毛，时刻向敌人示威，
他发起怒来两只眼好似荧光闪，
鼻子到处拱，挖墓穴、掘坟堆：
若被惹火了，见什么挡道都顶撞，

被他的长牙刺到了，呜呼命丧。

“坚硬的刚毛护着他两侧的厚皮，
像铠甲，你那矛尖别想扎进去，
也难以伤到他又短又粗的脖子，
他若是被狮子惹怒也冒险反击：
带刺儿的荆棘，纵横交错的灌木
见他来也因害怕而分道、让路。

“唉，他不会珍视你这张脸蛋，
爱人的眼睛才顺从恭敬地凝视它，
他可不管你的柔手、甜唇和亮眼，
虽然你无瑕的美貌令世人惊诧，
一旦被他得了手——真真太可怕——
你的美全遭殃，像他把草地糟蹋。

“哦，就让他待在脏乱的窝里面：
美貌与这脏臭的恶魔不相干。
别因为你的任性而陷入危险：
要想活得好必须听从朋友劝。
一听你提起那野猪，绝不瞎说，
我担心你的命运，骨节直哆嗦。

“你难道没发现我的脸霎时灰白？
你没见我眼中透出了恐惧的情态？
没见我头晕目眩直挺挺倒下来？
这会儿你真真切切躺在我心怀，
我预感灾祸的心啊狂跳不安宁，
像地震一般震得你颤抖不停。

“有爱情就有令人不安的猜忌心，
他真将自己称为爱情的警卫兵，
常常策动哗变，往往闹虚惊，
和平时也会大叫‘夺命，夺命！’
他使得温柔的爱情变了格调，
好似空气和凉水会把火焚浇。

“这个惹事的探子，尖酸的告密人，
爱情的柔弱青春喂养的寄生虫，
这散布谣言，吵闹不休的嫉妒心，
他的话时而真，时而又假又空，
他在我心里敲击，我耳边密语，
说假如我爱你，就会害怕你死去。

“这还不算完，他又在我的眼前
将一只凶狠暴怒的野猪呈现，

在他尖利的牙齿下有个人仰面
躺倒像是你，浑身血迹斑斑，
鲜血流淌，流到朵朵鲜花上，
花儿为此低下头，枯萎悲伤。

“这情景我只是想象就心惊胆战，
若见你真遭此难可教我怎么好？
想到此我就会心流血，头晕眩，
怕心中的恐惧揭示出不祥的预兆：
假如你明天遇野猪去和他对战，
我预测你会死，我活着更要受难。

“如果你非要去狩猎，那你听我劝，
可放出猎狗去追逐飞跑的野兔，
或是将狡猾又精明的狐狸追赶，
要不就去抓捕不善打斗的小鹿：
将这些胆小的生灵追赶到草场，
骑着你健壮的骏马把猎狗带上。

“你若去追猎那眼神不好的兔子，
当心这可怜的家伙：为逃脱追捕，
他跑得比风快，带着加倍的警惕，
他左冲右拐，腾起、跨越、奔突，

千百次回转，越过一个个树篱，
像个迷魂阵，令敌人迷惑惊异。

“有时候他一溜烟儿跑进羊群中，
教灵敏的猎狗辨不出他的气味，
有时候他躲进蹄兔挖掘的地洞，
阻止了大声呼叫着追他的一队。
有时候他又将自己混在鹿群里——
正所谓忧惧生才智，遇险出巧计——

“他混在别的动物中，气味难辨，
弄得急躁的猎狗四处嗅，心生疑，
便不再狂吠，好一阵折腾忙乱，
这才查清并找到那失去的气息，
于是又冲天大吼：引回声作答，
好似天空中开始了新一轮追杀。

“这时，可怜的兔子，远远地站在
山坡上，后腿直立，耳朵竖起，
仔细听敌人是否会很快追上来。
霎时间只听得追敌的呼叫声四起；
现在他是伤心又悲戚，就好像
人病得剩口气听到丧钟在敲响。

“只见不幸的小兔浑身沾露珠，
东奔西窜，跌跌撞撞找逃路；
恶毒的石楠把疲惫的腿脚绊住，
黑影和低声嘀咕也吓得他止步：
因为不幸的命运常面临被众人
践踏，被踩在脚下就不得翻身。

“静静地躺好，听我再说两句话——
不，你不要挣脱，先别起身——
我的话会叫你讨厌将野猪捕杀：
我通常不说，但我要你听我理论，
我用此事喻彼事，如此这般——
无论啥难事，爱情都议论一番。

“我刚才说哪儿了？”“不管哪儿，”他说，
“别再说，就停那儿，快快放我走：
一晚上过去啦。”“怎么，什么事？”她说，
“我的朋友们都正在把我等候，
这会儿天色黑暗我怕会跌跤，”
她说，“爱欲在夜晚目力才最好。

“不过你若是跌跤，就这样推测，

大地已经爱上你，你跌倒摔跤，
是大地成心把你的亲吻抢夺，
诚实的人们见财富也会偷盗：
你的吻叫贞洁的狄安娜羞涩黯然，[①]
唯恐她也去偷个吻，背弃誓言。

“我知道为何这夜晚漆黑一片：
狄安娜因羞愧将银色月光遮暗，
到创造万物的大自然背逆上天，
偷来了纯美的模子而受到责难。
大自然抗天意，按模子将你塑造，
太阳见你会蒙羞，月亮会害臊。

“狄安娜因此去贿赂命运女神，
要同自然的天工和才智做对头，
使美的形象混合着虚弱的病症，
教纯美无瑕混杂着混浊的丑陋，
让美温顺地屈从由疯狂的厄运、
无尽的悲伤和苦难主导的暴政。

“如同发高烧，脸色苍白无力，

① 狄安娜(Diana)是希腊神话中的月神和森林之神，热爱狩猎，常穿行在山林之间。她终身保持贞洁，是纯洁的象征。

染毒害性命的鼠疫，发狂、暴躁，
病入膏肓，将骨髓啮噬、侵袭，
使血液灼热，身心紊乱失调，
暴饮、受重创、号啕、诅咒、绝望：
咒死大自然，因他造了你美的形象。

“这些恶疾中并非最糟的一种
却只消在顷刻之间将美击退：
那美的容貌、气韵、色泽与特性，
公正的人们看见了都惊叹赞美，
可随即就遭废弃，解体、毁灭，
如山上被正午阳光融化的积雪。

“尽管有女子不生儿育女守贞洁，
她们弃绝人间的爱或只爱自己，
还要在人间养育出贫瘠与匮缺，
使大地如荒漠，没女儿也没儿子。
要慷慨大度：像夜晚点亮的油灯
宁愿耗尽了自己将世界照明。

“假若你没在幽暗中毁灭儿孙，
那你不就是一座坟，将万物吞噬？
你似要将后代永世埋葬、侵吞，

而凭借时间的权利你该有子嗣。
如果你这样做，世人将对你鄙视，
美好的希望在你的傲慢中被杀死。

“因而你自己将自己谋害、割除，
这恶行比世仇引起的打斗还毒，
比起用绝望的双手自戕还残酷，
不亚于将亲生儿子砍死的屠夫：
藏匿的珍宝会变臭、遭腐蚀、磨损，
而金子被利用还会生更多黄金。”

“快停嘴，”阿多尼说道，“你又转回
你那老套的话题，没用又无聊；
我赠予你的那个吻也算是白费，
人家不愿给，你硬要也是徒劳，
凭借这黑夜，欲望的邪恶看护人，
我愈加讨厌你，就因你这番高论。

“假如爱情赋予你千万条口舌，
每一条比你的都更加动人心弦，
像美人鱼的歌声那样充满诱惑，
可我耳边诱人歌儿已被风吹散：
要知道，我的心已经将耳朵防护，

绝不让那虚情假意的声音进入。

“以免骗人的甜言四处乱窜，
闯进我深藏心底的宁静一片，
将我稚嫩的心灵掀一阵波澜，
在他的寝室中再无静谧与平安：
不，女神！我的心可不愿呻吟，
而要安眠，我的心正在独寝。

“你拼命劝说，我就不能反驳？
引向危险的路途往往很坦荡：
我并非讨厌爱情，你却用巧舌
耍花招，这把戏可施与任何对象——
你说爱是为了繁衍后代？这道理
假如是情欲的鸨母，那真是歪理！

“别把这叫爱情，爱情已逃进天堂，
只因世间的情欲篡夺了爱之名，
爱情有着淳朴的外表，滋养
青春和美貌，痛斥情欲的失贞，
暴戾的情欲却将美败坏、抢劫，
像蠕虫糟蹋了初生的柔嫩树叶。

“爱情如雨后的阳光一般暖人心，
情欲是阳光过后的暴雨狂风；
爱情总留住春天的翠绿和清新，
情欲的严冬在夏季就开始猛攻：
爱情有节制，情欲因贪婪而亡，
爱情见真诚，情欲用谎言伪装。

“我还能说更多，却不敢再继续：
那话题很老，说话人尚且年少。
那么，这会儿我就要抽身离去，
满心痛悔、忧愁，满脸羞臊，
耳听得你那番淫乱污秽的妄言，
我两耳赤红发烧，真叫人生厌。”

她圆润的玉臂把他紧搂在怀中，
他边说边奋力挣脱甜柔的拥抱，
急匆匆返回家穿过黑暗的树丛，
爱神仰面倒，深陷悲痛和苦恼。
看啊，如一颗亮星划过天际，
黑夜中他在爱神的眼前逃去。

她目光追他而去，似站在岸边，
凝望着友人乘航船刚起锚离去，

直到狂涛起将友人淹没、吞卷，
隆起的浪峰与云团纷争、汇聚；
无情的漆黑之夜啊也如巨浪，
卷走吞没她目光追逐的对象。

她躺在地上惊诧发蒙，就好像
无价的珍宝不小心落入了汪洋，
或受了惊吓在夜晚独行、流浪，
在阴森可疑的林中，灯灭无光，
她这样躺在黑暗里，彷徨无助，
迷失了俊小伙带她前行的出路。

此刻她双手捶胸，哀哭呻吟，
附近的山洞似乎都被她扰动，
回荡着连续不断的哀叹阵阵，
震天的恸哭传出了回声重重：
“唉！苦啊！苦！”她二十次哭喊，
二十次回声就这样重唤二十遍。

她听到回声，又开始呼号痛哭，
还随口唱出伤心忧愁的曲子：
唱老者怎样因爱痴，青年被爱缚，
唱爱情怎样教智者愚，愚人智。

她悲戚的曲子在悲苦中结束，
阵阵悲苦的回声也盘旋往复。

她沉闷单调的曲子令夜晚厌倦，
情人的时光漫长，虽似觉短促：
他们喜欢的就以为别人也喜欢，
会有同样的处境，相似的乐趣。
他们的故事讲起来喋喋不休，
讲完了已没听众，可还是讲不够。

不过除了那奉迎她的虚空回声，
又有谁能陪她度过这长夜漫漫？
像店主对每次叫门的尖声回应，
让想法古怪的顾客们勿躁稍安？
她若说“就这样”，他们答“那好”，
她若说“不行”，他们跟着说“孬”。

看，温柔的云雀歇够了不耐烦，
从露水打湿的巢穴里冲飞上天，
将清晨唤醒，在他银色的胸前，
红日壮丽地升起，洒一片光焰，
太阳向世界投以宏伟的目光，
树顶与山巅闪着金色的光芒。

维纳斯向他温和地道早安致礼：
“啊，光的保护神，明耀的上帝，
每一盏明灯，闪烁的星星向你
借来美艳的光力才照亮自己，
有一位青年将母亲的光吮吸，
借给你，像你把光借给大地。”

她说完，急忙奔进桃金娘树丛，
心里想清晨已过去不少时光，
却没能听见她爱人一点响动；
她留心是否猎狗狂吠号角响，
很快就听到猎狗嘈杂的叫喊，
便匆匆循声跑去，上前追赶。

在她飞奔的途中，灌木的枝条
有些刮破她脖颈，碰着她的脸，
有些缠住她大腿，使她停下脚。
她急切地将这紧裹的纠缠扯断，
像一头母鹿，奶头发痛胀鼓鼓，
急着去喂哺躲在树丛中的小鹿。

凭叫声她听出对手被逼入绝境，

便惊得大骇，好像在路上忽见
毒蛇盘绕着蜷缩，要置人死命，
因而恐惧得哆嗦、不住地惊颤：
听到猎狗发出了畏惧的狺狺，
她吓得精神迷乱，感觉失灵。

现在她明白这必定是一场恶逐，
对手很像是莽猪、暴熊或猛狮，
叫嚷声只是从一个地方传出，
猎狗的大声吠叫中流露着恐惧：
发现面对的敌人是如此凶残，
迎战敌手的猎狗都后退不前。

一声声惨叫在她的耳边响起，
钻进耳朵中将她的心脏重击，
这心已经受不住惊吓与猜忌，
冰冷虚弱得使全身感官迟滞：
就像首领一旦投降了，士兵们
便仓皇逃窜，再不敢厮杀拼命。

就这样她站在那里抖得发狂，
为了让惊恐的感官快慰镇定，
她告诫感官这只是无端的幻想

和幼稚的错觉带来的受怕担惊，
她发令别再战栗，别再恐惧——
说着，她看见正被猎捕的野猪。

那野猪满嘴血红，口吐白沫，
好像牛奶和鲜血混合在一道，
恐惧又从她一根根神经穿过，
她疯狂疾奔，却又不知往哪跑，
便一路狂飙，此刻又停住脚步，
再往回迅跑，痛斥残暴的野猪。

千股怒气带她走上了千条路，
走上了一条就再没有回头路。
她急急匆匆只落得处处延误，
像醉汉晕头转向行事糊涂。
满心思虑却神情恍惚想不清，
事事都费心到了儿一事无成。

这会儿她见到缩在灌木中的猎狗，
便问这疲惫的胆小鬼主人在何方，
待会儿她看到另一只在舔舐伤口，
这是狗最好的方式来治疗毒疮。
她又遇见一只狗，它悲伤愤怒，

她向它问话，它以哀号答复。

这只狗刚止住凄厉的声声哀呼，
那一只垂着阔嘴的冷酷哭丧鬼
又冲天将呜呜的号叫连连射出，
跟着便传来了此起彼伏的狂吠，
它们骄傲的尾巴都垂到地上，
摇着划伤的耳朵，鲜血直淌。

看啊，世上可怜的人们是怎样
惊愕于那些灵异鬼怪的征兆，
带着恐惧的眼神长久地呆望，
将异象视作凶险可怕的预告：
因而她见到这惨景倒吸凉气，
又一次大骂死神，连声叹息。

“你死神暴君，丑陋、干瘪、嶙峋，
狠心地将爱人拆散，”她这样斥责，
“人世的吸血蠕虫，狞笑的鬼魂，
为何要扼杀他的美，将生命剥夺？
他若是活着，那美貌，那呼吸，
会给紫罗兰光泽，给玫瑰香气。

“他要是死了——不，这不可能，
见到他的美，你定会向他进攻！
啊，会的！可你没眼睛看不成，
可恨你胡乱地放箭将他击中：
那目标本该是衰弱老者，却射错
对象，将那稚嫩的心劈开、穿破。

“假如你小心提醒，他就会应答，
听到他开口，你的力量全失效——
命运女神会诅咒你将他击垮——
她们嘱咐你除草，你把花拔掉：
原本该将爱的金箭向他射放，
而不是置他死命的乌黑投枪。

“你惹人哭泣可是为渴饮泪水？
又将怎样得益于悲苦的呻吟？
何故将明眸投入永恒的沉睡？
双眼曾教导世人观看的本领。
现在造化不理会你夺命的淫威，
自然的杰作已被你严厉地摧毁。”

此刻她伤心绝望，不能自拔，
她先是合上眼帘，像闸门阻挡

晶莹的泪水涌出，落满双颊，
汇两股柔和的泪流滚落胸房，
但是银色的泪雨又冲破闸门，
汹涌地合成巨流直向前飞奔。

哦，她眼睛和泪水交相辉映，
眸在泪中熠熠，泪在眸中闪，
映照对方的悲伤，剔透晶莹，
悲情和风儿想要把泪水吹干，
可就像风雨天，风雨飘忽来去，
叹息将面颊吹干，又遭淋泪雨。

多变的情绪涌在悲怆的心里，
像争执哪个最能表现那悲愤，
各种情绪全被接纳，都争抢，
好让自己做主宰，竭尽全力，
然而没哪个为最佳。于是众情绪
如乌云汇聚共商议让风暴盘踞。

此刻，她听见远处猎人的呼唤，
比那保姆的摇篮曲令婴儿更心安：
这一声希望的呼喊彻底驱散
她心中思虑重重的可怕怪念，

此刻，重生的快乐要让她欣喜，
奉迎她，说那喊声来自阿多尼。

于是，她开始将泪潮掉转流向，
噙在眼眶里像珍珠嵌上玻璃匣，
有时这珍珠沿面颊滴落、流淌，
面庞将其融化，像是要阻止它
流下去洗刷邋里邋遢的地面，
让泪珠洗去污秽恐怕是枉然。

充满疑虑的爱情啊，这真稀罕：
爱情不轻信却又易于上当！
欢乐和悲哀处在你的两端，
绝望和希望使你变得荒唐：
你乐于对不实之事想入非非，
又常对可能之事感到憔悴。

现在她已将织就的罗网除去，
阿多尼活着，就不必责备死神。
刚才她并非声称死神一文不值，
此时她又对这恶名大献殷勤：
称死神作墓穴之王，王之坟茔，
是世间一切凡俗之物的国君。

她说：“甜美的死神，我那只是
开个玩笑，原谅我一想到野猪
那残忍的畜生，就不免心生恐惧，
它毫无怜悯心，一味凶残冷酷。
柔和的影子啊，我须向你说实话，
因担心爱人会死，我才将你詈骂。

“是野猪惹我詈骂，这错不在我，
要向这无形的司命官实施复仇，
正是这头龌龊的禽兽在作恶，
我说出他的话，他是诽谤的祸首。
悲伤有两条舌头，没妇人能独自
将其管辖，除非有十妇人的才智。”

因为她满心期盼阿多尼能活，
便忙着给她的猜疑找理由开脱，
她企盼他的美更辉煌永不衰落，
便谦卑地讨好死神，百般迎合，
把他的战利品、纪念柱、传奇和墓碑，
及他的胜利与荣耀都加以赞美。

“啊，天神，”她说，“我真傻透顶，

心智愚钝无力，混乱不清，
去哭那活人之死，而他必永生，
一直到人世尽毁，末日降临！
他要是没命，他的美也被摧残，
美死去，世界将重陷混沌与黑暗。

“嗨，爱情发了痴，满怀恐惧，
如盗贼出没在腰缠万贯者周围：
这些眼未见耳未闻的细碎琐事，
心胆怯就胡乱猜测，为之伤悲。”
她刚说这话就听见欢快的号角声，
便不再沉溺于绝望，一跃起身。

飞似的跑掉，如猎鹰见到诱惑物，
她脚步飘然轻快，没压倒草丛，
急速奔来见到的是不幸的一幕：
邪恶的野猪将她俊美的人儿击中，
悲惨的景象把她的双眼刺盲，
像星星抽身退却，羞见阳光。

又如蜗牛柔软的触角被碰撞，
它疼得一下缩进自己的壳中，
一切都被遮蔽了，阴暗昏黄，

久久地躲着不敢再爬出蠕动。
见到他浑身是血她双眼逃离，
钻进头脑黑暗的深舱——眼窝里。

眼睛放弃其职责，再不能观看，
再无光，只让迷乱的头脑裁定，
头脑让眼睛与丑陋的黑夜相伴，
再不要用眼见的景象伤害心灵；
心灵如御座上茫然受挫的国君，
被眼睛所鼓动发出向死的呻吟。

进贡的大臣们见此状全都战栗，
如同囚禁在地底的狂风要出逃，
便奋力挣扎，撼动了整个大地，[①]
狂风携寒冷与恐怖冲昏了头脑。
这是场震惊每一种感官的突袭，
再次使在黑暗深处的眼睛跃起。

眼睛睁开，将颇不情愿的光泽
投向那野猪在他柔嫩的侧肋
刺出的深阔伤口，洁白如百合，

① 当时的人们认为地震是由于聚集在地下的气要释放出来而引起的。

又浸满从伤口涌出的鲜红血泪，
在他身旁的鲜花、草丛和树叶，
无不染红泪，似和他一道滴血。

看到这深深的同情，可怜的维纳斯
便将她的头低垂在一侧肩上，
沉默不语，悲苦得似狂如痴；
她本想他不会丧命，并未身亡：
此刻她哑然无声，骨节僵直，
一双眼呆傻疯癫，泪流不止。

她盯着受伤的口子，眼睛直勾勾，
看伤口一个变仨，目力尽荒唐；
她斥责眼睛出错——因为眼睛又
将他完好的身躯看成受重伤！
一张脸似乎成两张，肢体重影，
由于眼睛看不清，脑子也失灵。

“一个阿多尼死去，悲痛已难言，”
她说，“更何况见一双命丧黄泉！
我悲叹已经叹尽，泪水已流干，
眼睛烧灼似火焰，心情重如铅，
让眼中的烈火将心中的铅熔解！

我也在热烈爱液的沉落中死灭。

“可悲的世人失去了怎样的珍宝！
这世上哪还有美貌值得去凝望？
谁人的美嗓值得听？此前也好，
今后也罢，有什么还值得你赞扬？
那花儿清新甜美，鲜艳美丽，
真美却随他而生，又伴他而去。

“此后，再不用戴帽遮颜披面纱，
再没有阳光与轻风力求亲吻你，
已经无美可失去，何须再害怕：
狂风冲着你嘶吼，阳光露鄙夷，
可当阿多尼活着时，太阳和寒气
都躲着，像盗贼要将他的美窃取。

“于是，他就将帽子戴在头上。
帽檐下炫目的阳光向他偷窥，
风儿把帽子掀掉，吹向远方，
将一缕卷发轻拂。他便垂泪。
因怜惜他稚嫩年少，阳光和风
争先恐后去拭干他脸上的泪痕。

“雄狮若看见他那俊美的容貌，
便在篱笆后跟随，生怕他惊慌；
猛虎若听见他的歌快乐美妙，
就变得驯服，温和地听他歌唱；
若是饿狼听见他话音便抛掉
猎物，整天都不碰无助的羊羔。

“他在小溪中将他的倒影投射，
鱼在那倒影上铺展，忽闪着金鳃；
他或与小鸟相邻，与鸟儿共欢乐，
有的唱起歌，有的则为他衔来
一串串桑葚儿和熟透的红樱桃，
他用俊美的容貌给鸟儿以回报。

“但嘴如刺猬的野猪狰狞又凶残，
它向下瞪着的眼睛总寻找坟地，
永远看不见他闪耀的美丽容颜；
且看看野猪是怎样迎候阿多尼：
那猪的确看见了他的脸，我料定
猪想去亲他，这亲吻便使他丧命。

“是的！不错！阿多尼就这样被害死：
他手执锋利的矛枪冲向了野猪，

猪本来无意去刺他来磨砺牙齿，
只是想用一吻来劝他停住脚步，
当多情的野猪鼻子触到他腰部，
没成想獠牙插进他柔嫩的股沟处。

“假如我也长那一副獠牙，我承认，
为了亲吻他，我早就要了他的命，
可是他死了，再不能用他的青春
来福佑我的韶华——我真苦命！”
她说着，就在站立之处倒下去，
脸上沾染到他已经凝固的血迹。

她看着他的双唇，惨白无色，
她拿起他的双手，漠然冰冷，
她将伤心事向他的耳朵低说，
仿佛耳朵能听懂其中的苦痛。
她掀开关闭他一对明眸的眼睑，
瞧啊，两只明灯已熄灭于黑暗。

她曾在那两面明镜里看见自己，
千遍万遍，而今它再不能照射，
有过的超绝之力量现在已失去，
所有的美，其功效已经被剥夺。

“你这时间的奇观，”她说，“我抱恨：
你已身亡，而白昼仍在放光明。”

“于是我就此预言，由于你的死，
今后，爱情必定会伴随着苦难，
还有妒忌心也会把爱情来服侍，
爱情常始于甜蜜，终了于悲叹，
爱情得不到平衡，有高低坎坷，
而痛苦总是比爱情的欢乐更多。

“爱情无常、说谎又善于伪装，
花蕾刚绽放便萎谢，瞬息凋枯，
爱情表面上甜蜜又芬芳，却将
最真的事实欺瞒：其内里有毒。
爱情使最强的身体也虚弱无比，
让傻子喋喋不休，教智者不语。

“爱情既吝啬又极具奢华骄淫，
能教衰弱的老朽翩翩起舞，
也能让鲁莽的恶徒不再出声，
抢夺富人钱财，给穷人宝珠，
爱情会愤怒得发疯，又虚弱无力，
使青年老迈，使老者年幼无知。

“爱情在没理由恐惧时心存疑惧，
爱情在最不该置信时大胆勇敢，
爱情该施以仁慈，却过于严厉，
似乎最忠诚，实则最善于欺骗。
爱情最温顺又最为固执乖戾，
让勇者胆怯，懦夫增添勇气。

“爱情是战争和可怕事变的起源，
在父亲与儿子之间挑起争端，
始终屈从并隶属于一切抱怨，
如同易燃的干柴侍奉着火焰。
由于我的爱毁灭于他的夭折，
心怀挚爱就别想有爱的欢乐。”

此刻，她身边倒地气绝的少年郎
在她的眼前化作了轻雾一团，
从少年洒在地上的血泊中绽放
一朵花，红白相间色彩绚烂，
很像是少年染血的苍白面容，
纯洁的白色映衬着滴滴鲜红。

她低头去闻那朵鲜花的香气，

将花比作她爱人阿多尼的呼吸，
她说这气息会深埋她的心底，
既然阿多尼已经被死神抢去。
她折下花茎，在断裂之处流下
绿汁，她把这看作花泪在抛洒。

“可怜的花，”她说，“芳香的儿子，
你父亲则更加香甜；他正是这样，
小小的不幸就让他流泪不止。
他原想自己和自己做伴成长，
这也是你的愿望。但要知晓，
在我的怀中和他的血里一样好。

“我的胸膛曾是你父亲的床榻，
你来自他的血，有权在此休憩，
可以在我胸间深深的摇篮里睡下，
我搏动的心跳日日夜夜摇着你，
我要悉心地利用每一秒每一分，
与我的爱人化作的甜花儿亲吻。”

她已厌倦尘世的纷繁，便立即
驾着她的银鸽离去。银鸽飞升，
载着主人穿越那浩渺的天际，

闪光的座驾急速地跨过苍穹，
一路奔至帕福斯；女神决意
在岛上避开人世，从此隐居。

（屠岸、章燕译）

鲁克丽丝失贞记

献　词

谨呈南安普顿伯爵兼蒂契菲尔德男爵亨利·莱阿斯利阁下

我对阁下的敬爱无尽头：这本无开端的小书只代表此种敬爱流溢而出的一小部分。这些谫陋的诗行甚少价值，然而阁下秉性高尚，必能惠予哂纳。我所做的一切属于阁下，我应做的一切属于阁下；本书为我所有的一部分，亦自当属于阁下。设若我有更多的才力，我必将对阁下尽更大的职责；此刻，我只能竭尽绵薄，将这一切奉献于尊前。谨祝阁下青春不老，幸福无疆。

时刻愿为阁下效忠的

威廉·莎士比亚

从围困阿狄亚的军中来，一路飞奔，
满脑子邪念，拍着险恶的翅膀，
好色的塔昆，离开了罗马大军，
驰向柯拉廷城堡，他胸中阴火旺，
灰白的余烬里，暗藏着炽热的欲望，
想用烈焰去抱住柯拉廷的夫人——
美丽贞洁的鲁克丽丝纤细的腰身。

不幸啊，恐怕恰恰是“贞洁”这美誉
激起了他的情欲，似磨快了刃锋，
只怪柯拉廷太傻，嘴巴关不住，
称赞她嫩白艳红无匹的丽容，
那美貌正是他欢欣爱悦的晴空，
人间的双星如天仙般晶亮明丽，
投给他纯洁的月光，专一的情意。

前一天夜里，他在塔昆的营帐，
透露出他之所爱，幸福之所系，
上苍赐给他贵重无价的宝藏，
使他拥有这姿容绝代的佳丽，
谈他的幸福，一派高傲的口气，
说国君享有的荣誉高与天齐，
但帝王无法与这位美人匹敌。

哦，只有少数人能享有幸福！
可幸福降临了，很快便萎蔫枯凋，
正如在清晨消融的银亮露珠
抵不住太阳金光赫赫的照耀；
还没有好好地开始，便云散烟消：
荣誉和美人，尽管拥抱在怀中，
却无力自卫，敌不过暴力的猛攻。

美容丽质，凭自身的力量能征服
男人的眼睛，用不着雄辩家帮腔；
那么，又何必喋喋不休地辩护，
来把这独一无二的美貌张扬？
柯拉廷何必让宝珠当众亮相？
他本应不显山不露水，不让人知道，
自己的财宝才能够永远守牢。

也许他夸赞鲁克丽丝貌美德高
正好怂恿了这位骄纵的王子，
要知道心灵时常受耳朵的误导；
也许由于他妒羡这贵重的珍奇，
于是引起了对比，无异于讥刺
他高傲的头脑，请看位卑者竟能

夸耀他们有位高者没有的好运。

总有些冒失的想法使塔昆采取
急躁的行动，不排除这样的考虑：
把他的事业、朋友、地位和荣誉
全抛弃，怀着顷刻间产生的意图，
他前往，去平息心头似火的情欲。
莽撞的虚热啊，会裹进悔恨的寒潮，
仓促的萌芽长不大，在萎缩枯凋！

这个伪君子来到柯拉廷厅堂，
受到那罗马贵妇的热诚欢迎，
她脸上美貌与美德互不相让，
争辩着两者中是谁给了她美名：
美德夸自己，美貌便羞红难为情；
美貌自炫着嫣红，美德瞧不上，
便在那上面盖一层银白的容光。

美貌以维纳斯白鸽的名义宣称[1]
素白为自己所有，挑起了争论；
美德向美貌声明，要索回嫣红，

① 维纳斯，罗马神话中美与爱的女神，她的车驾由两只白鸽牵挽。

说红晕原是由美德赠给了青春，
镀上白皙的面颊，为玉颜作金盾；
若羞赧进攻，教面颊把它推出来
抵挡一阵，用嫣红来保卫素白。

斑斓的纹章出现在鲁克丽丝脸上，
看得见美德的淡妆，美貌的红颜：
红色与白色都争当两者的女王，
都说古道今，来论证各自的威权，
两者都雄心勃勃，不断地争辩；
美貌与美德，都伟大，都至高无上。
它们便经常换宝座，轮流登场。

塔昆见到，在她俊美的脸颊上
白百合与红玫瑰进行着无声的战争，
无邪的士兵围住他奸邪的目光；
在两军夹击中，胆小鬼①害怕丧命，
成了百合和玫瑰的俘虏，甘心
向双方投降，可两军宁肯放他走，
也不愿庆祝战胜了假冒的敌手。

他现在察觉，她的丈夫没口才——

① 被俘的胆小鬼指“目光”。

吝啬的浪子，竟这样来把她赞美，
承担了重任，却贬损了她的风采——
她的美超过那贫乏的赞辞千百倍！
于是柯拉廷赞她时欠下的词汇
心荡神迷的塔昆用想象来补足，
他屏住气息，圆睁着惊羡的双目。

这人间的圣女受到恶魔的崇拜，
她对奸诈的朝圣者未起疑窦；
纯净的心灵想不到邪恶的祸害，
鸟没遭暗算便不怕僻远的林薮；
就这样她热情款待了佳宾贵胄，
怀着天真的敬意，她毫无警惕，
他却把邪恶的图谋深藏在心底。

他用高贵的身份把自己伪装，
让威严把内心的罪恶层层遮掩，
看不出他的举动有越轨的迹象，
只时或转动着极度惊奇的两眼，
饱览了一切，却还是贪得无厌；
像个赤贫的富豪，他求索不休，
享有的太多，却渴望更加富有。

她从未遇到过陌生眼睛的盯视，
看不清能言的眼神有什么含意，
读不懂写在这书页边上的注释[①]
包含着怎样狡黠而闪亮的秘密；
没碰过诱饵，便不怕钓钩的诡计：
她毫不理解他肆无忌惮的目光，
总以为那眼睛只是向亮处张望。

他在她耳边说到她夫君的名望，
说他为丰饶的意大利屡建战功；
用美言把柯拉廷高贵的名字颂扬，
说他英勇又正直，取得了光荣，
他身披胜利的花环、受损的护胸。
她心里高兴，把手臂高高举起，
向上苍默默地祝贺夫君的功绩。

他丝毫没透露此行的真正目的，
却编出理由来解释自己的行踪；
他那晴朗的蓝天上并没有飘起
乌云来预示即将有暴雨狂风，
直到黑夜——恐惧与忧虑的母亲

① 这里把塔昆的脸比作书页，把他的眼睛比作书页边上的注释。

向人间世界撒一片朦胧的幽暗，
把白昼收入了她那穹隆形牢监。

塔昆被请进为他安排的寝室，
他假装耗费了精神，困倦不堪；
因为晚饭后他与端庄的鲁克丽丝
长时间交谈，消磨了这一个夜晚。
昏沉的睡意与生命的活力在争战；
这时候人人都要去安歇就寝，
除了盗贼、忧伤者、烦恼的心灵。

塔昆就是不眠人，他辗转思量
他的图谋会招致怎样的危险，
然而他决意去满足心中的欲望，
渺茫的前景止不住他放弃邪念。
没希望盈利，对盈利更加垂涎；
脑子里只想到将获得巨大的宝藏，
哪怕后果是一死，也不再多想。

贪心的人们利令智昏，总迷恋
尚未占有的东西，可是守不牢
已有的一切，让那些财宝失散；
这样子越是贪多，得到的越少，

或者是得到的过多，接纳不了，
还必须忍受暴食引起的后患，
他们是富而又穷，免不了破产。

人到了暮年，生命的目的不外乎
取得荣誉、财富、生活的安逸；
为此要克服万难，要冒险为全部
而舍弃一件，为一桩而牺牲全体：
正如激战中用生命去博取荣誉，
为财富而抛却名望，财富却常常
带来全体的毁灭，把一切都丢光。

为实现意愿，我们敢于做一笔
蚀本的生意，丧失了我们的本性；
患上了污秽可耻的贪婪这痼疾，
已经够富了，它借口还不够丰盈，
而折磨我们，我们便不再关心
已有的财产，就因为缺乏理智，
为得到更多的，却把已有的丧失。

这时痴迷的塔昆竟铤而走险，
为满足淫欲他不惜抵押荣名；
为了他自己，把自己抛在一边。

对自己都不忠，哪里去寻找忠贞？
既然他自己毁灭了自己，甘心
受众人辱骂，度可怜无趣的生涯，
他怎能指望陌生人来说公道话？

死一般岑寂的深夜悄悄地来到，
酣浓的睡眠合上了人们的眼睛。
天上没一颗安恬的亮星在闪耀，
鹰叫与狼嚎的凶兆打破了寂静；
叫声即将使天真的羔羊惊醒，
时候到了，贞洁已沉默，已麻木，
淫欲与杀机正醒着去玷污，去屠戮。

好色的王子从床上一跃起身，
他拽过披风胡乱地披在肩膀上；
在邪欲和恐惧之间他犹豫不定，
一个引诱他，另一个担心会遭殃。
老实的恐惧受邪念蛊惑而彷徨。
恐惧虽常常劝导他抽身后退，
却被那疯狂暴戾的淫欲击碎。

他在燧石上轻击着他的弯刃剑，
冰冷的石头迸发出飞舞的火星，

他借这火星很快地把蜡炬点燃，
蜡炬像北极星引导他淫亵的眼睛；
他深思熟虑，对蜡焰表明决心：
“我既然能迫使燧石把火星爆出，
就一定能迫使鲁克丽丝听我摆布。”

因恐惧而面色苍白，他事先思忖
他的恶行会带来怎样的危机；
在内心深处他不断与自己辩论
事后会出现怎样可悲的结局。
于是他脸带轻蔑地决心舍弃
他的铠甲——那屡遭扑灭的欲望，①
合理地约束住他那非礼的思想。

“美丽的火炬，烧尽你的光，不准你
把她比下去，她的光比你更明亮；
死去吧，邪恶的念头，再也不许你
用污泥浊水去玷辱圣洁的形象；
给纯净的神龛送去纯净的天香。

① 这一诗行是引起注家们多种解释的神秘诗行，据吉特列奇（Kittredge）解释，此行意为：“在此项冒险事业中他的唯一的铠甲就是色欲……那不是真的铠甲，因为它一旦得到满足，便总是等于被杀死（扑灭，消失殆尽），色欲的满足杀死了色欲。”

爱情的纯白衣裳被罪行玷污，
仁慈的胸怀对此怎么能宽恕。

“可羞啊！侠义的骑士，威武的干戈！
地下的祖先啊，要蒙受奇耻大辱！
渎神的恶行啊，将招来悲惨的后果！
勇敢的军人啊，竟要做猎艳的丑奴！
真正受尊敬才算是真正的勇武。
我踏上歧途，是这样龌龊卑鄙，
我脸上会刻下恶行的恒久印记。

“而且，我死了也不能摆脱羞耻。
那是我金甲纹章上触目的丑斑。[①]
纹章官会设计可憎的耻辱标志，
指出我曾经愚蠢地沉迷于淫乱：
我的后代将为此而含羞抱怨，
将诅咒我的尸骨，不以为罪愆，
只愿我，他们的先父，没来到人间。

---

① 纹章起源于古代欧洲，是用以识别身份的标志。从公元12世纪起，西欧开始普遍使用纹章图案，其主体往往是盾形纹。到中世纪后期，佩戴纹章表示出身高贵。纹章亦称“家徽”或“族徽”。骑士的纹章常绘于军服或甲胄上。如果纹章上附加了惩戒性的耻辱标志（“触目的丑斑”指此），就说明佩戴者有了不名誉的劣迹。纹章官是负责设计、记录、解释纹章的官吏。

“即便达到了目的，赢得的是什么？
梦幻、空气、泡沫般飞逝的欢笑。
得片刻欢娱，换来一星期哀哭？
为了个玩偶，把永生的希望卖掉？
摧毁葡萄藤，为了尝一颗甜葡萄？
多蠢的乞丐，为了摸一摸王冠，
被帝王的节杖一下子击倒也心甘？

“假如柯拉廷梦见了我的行迹，
难道他不会惊醒，怀一腔怒火，
飞速地赶来，阻止我达到目的？
这对于他的婚姻，是围困，折磨，
是玷污青春，是给予圣者的灾祸，
贞洁啊处境危殆，羞辱将长在，
罪行将遭到千秋万代的指摘。

“唉！你若是责骂我丧尽天良，
我又能编出怎样的托词来辩解？
我岂不张口结舌，腿关节摇晃，
两眼一抹黑，虚伪的心肠滴血？
罪行严重啊，恐惧更严酷，更剧烈；
既不能前去作战，也无法脱逃，

懦夫般心惊胆战，等死亡来到。

“假如柯拉廷杀过我幼子或老父，
或曾经设下埋伏要对我下毒手；
假如他不是我的密友，我唐突
他的爱妻就还能找到个借口，
好比是冤冤相报，报一箭之仇。
然而，他正是我的亲戚和好友，
这耻辱和罪过便没了理由和尽头。

“可耻啊，假如向世人公开这件事。
可恨啊，但是爱与恨不能共处。
我求她爱我，她却不属于她自己。
最坏的结果是遭她斥责和严拒。
理智太软弱，难改我顽强的意图：
谁要是敬畏箴诫或尊长的训谕，
墙头画也会促使他有所戒惧。”①

他心中展开了一场粗野的争吵，
冷冻的良知和炽烈的欲念对峙，
他横下心来，放逐了善良的思考，
却怂恿邪恶的意向去占据优势；

① 指常挂在墙上以代替壁毯的绘画，画的内容大都是《圣经》故事或希腊、罗马传说，画上常有道德箴言。

这恶意立即把一切纯洁的情思
打倒并加以摧毁，更扩大战果，
使为非作歹表现为行善积德。

他说：“她把我的手友善地拉起，
凝视我热切的眼睛，想了解底细，
只怕我会从前线带来坏消息，
因为她爱的柯拉廷正在军营里。
忧虑啊，促使她脸上升起了红霓！
红如丝绢上两朵玫瑰花呈艳，
顷刻间玫瑰拿走了，又白如丝绢。

“我的手握住她的手，两手紧相扣，
她由于忧惧而发抖，我的手跟着颤，
这使她更加惊疑，手抖得更急骤，
直到她听说她丈夫一切平安；
于是她笑了，露出迷人的笑颜，
假如纳西瑟斯见到这模样，
他就决不会因自恋而沉入汪洋。①

① 纳西瑟斯（Narcissus），希腊神话中的美少年。回声女神爱上了他，他却不爱回声女神，致使她憔悴而死。其他自然女神为了报复，使纳西瑟斯爱上水中自己的影子，他得不到所爱者，最后憔悴而死；一说他下水去拥抱自己的影子，因而溺毙，死后化作水仙花。纳西瑟斯的引申义为“孤芳自赏的人”“顾影自怜者”“自爱者”。

“我还用找什么借口，把自己伪装？
美本身说话了，雄辩家便不必多言。
可怜虫才因可怜的过错而懊丧；
爱之火不会在胆怯的心中点燃。
情欲是我的统帅，指引我向前：
只要他华丽的旗帜在前面飘扬，
胆小鬼也会拼上去，不再惊慌。

“滚开，幼稚的恐惧！停止吧，争辩！
让慎重和理智去侍奉龙钟的老耄！
我的心决不会跟我的眼睛为难；
只有圣哲才瞻前顾后地思考；
我是个年轻角色，不演这一套。
情欲是我的向导，美色是目标，
谁担心溺水，既然对岸有珍宝。”

像麦苗被杂草覆盖，慎重的顾虑
几乎被无法抵御的情欲窒息，
他竖起耳朵仔细听，偷偷溜过去，
怀揣罪恶的希望和罪恶的狐疑；
希望和狐疑如奴仆伺候着不义，
两者相悖的诱导插入他脑际，

使他一会儿休战，一会儿进击。

他的想象中，她形同天仙般端坐，
在她的座位上同时并坐着柯拉廷。
一只眼贪看她的脸，使他失措；
一只眼正视她夫君，较为虔敬，
这只眼不会赞同这不义的行径，
就发出真诚的呼吁，求助于心灵，
可心灵已经被腐蚀，竟倒向恶行。

这想象调动起他那卑劣的膂力，
寻欢的心灵使膂力得意忘形，
使淫欲鼓起来，如分秒填满了小时；
膂力跟心灵一样，越来越骄矜，
卑下地给心灵献上超额的贡金。
受到邪恶的意欲疯狂的引诱，
这罗马王子迈向鲁克丽丝床头。

在她的卧室与他的意愿之间
每一把铁锁都被他强行开启；
铁锁开启时，一个个责骂他疯癫，[1]

---

① 责骂指生锈的铁锁开启时吱吱作响。

潜行的窃贼更不免小心翼翼。
户枢的摩擦声指出了他的行迹；
夜游的鼬鼠见到他，尖叫一声，
他害怕，却继续冒险的进程。

每扇门都勉勉强强地给他让路，
夜风使劲地钻进小孔和缝隙，
向火炬挑战，使他的行动受阻，
风向他脸上吹去火炬的烟气，
终于吹灭了引导他行进的火炬；
他的心被情欲烧灼，躁动不安，
吹出另一股风来把火炬点燃。

火炬又点着，他凭着亮光见到
鲁克丽丝的手套，有银针缀在上面；
他拾起那躺在灯芯草上的手套，①
把它紧握住，银针刺痛了手指尖，
针似乎在说：“对于淫邪的冒犯，
这手套不能适应，快回吧，别再来；
瞧啊，我们夫人的饰物多洁白！”

---

① 在莎士比亚时代的英国，常在室内地上铺灯芯草，略似后来的地毯。古罗马人其实无此习惯。

可怜的障碍都不能制止他向前；
他做出种种解释，无理又横蛮。
门扇，夜风，手套，曾将他拖延，
他却把这些看作意外的磨炼；
好似刻线[①]控制着时钟的运转，
他只好走走停停，慢慢地举步，
让每分每秒都把该做的做足。

“是的，”他说，“一路上有这些阻碍，
正如有时候晚霜来惊扰春天，
是为了给春日增添更多的欢快，
为了给寒禽更多的理由去鸣啭。
为取得宝物，一定要忍受苦难。
对巨岩、烈风、剧盗、险滩和狂沙，
商人不畏惧，才能够致富发家。”

此刻他已经来到卧室的门边，
这门隔断了他魂牵梦萦的仙姝，
门上没别的，只一个易拔的门闩
阻止他取得他一心追求的幸福。
作恶的邪念烧得他晕晕乎乎，

① 指刻在钟面上的把1小时划分成60分的条纹。

为取得猎物，他竟然祷告不辍，
仿佛上苍会支持他作奸犯科。

在他那劳而无功的祷告声里，
他已向永恒的神明祈求赐福，
祈愿他终能亲近那贤德的佳丽，
想做的丑事到时候会通行无阻。
他惊起，说道："我这是偷香窃玉，
神明对这事必定要深恶痛绝，
怎么会因我祈求便助我作孽？

"让爱情和好运做我的天神和指南！
坚定的决心支撑着我的意愿；
只空想而不去实践不过是梦幻；
滔天的罪行被赦免就等于没干。
爱情的烈火能化解畏惧的严寒；
上苍的眼睛熄灭了，朦胧的夜幕
把贪欢带来的羞耻严严地遮住。"

说完这句话，他动手把门闩拔掉，
然后用他的膝盖把门扇顶开。
鸽子睡得甜，猫头鹰想把它抓到；
没人发现这歹徒要暗中加害。

瞧见潜行的毒蛇，人人躲得快；
可是她睡得香甜，高枕无忧，
任凭那毒蛇来咬致命的一口。

他心怀鬼胎，偷偷地溜进卧室，
注视着她那纯洁无疵的床铺。
床幔合拢着，他绕床走来走去，
额前滚动着一双贪婪的眼珠；
心灵被悖谬的眼珠引入了歧途，
立即对双手发出行动的暗号，
去把那遮蔽银月的乌云清扫。

瞧啊，她正如火一样艳丽的太阳
从云间喷出，烧灼着我们的视线；
床幔一拉开，他两眼便立即闭上，
比太阳更强的亮光使他缭乱。
不知是不是她一身夺目的光焰
照得他晕眩，还是他感到羞赧，
他两眼漆黑，只好紧闭着眼帘。

假如他两眼死在黑暗的牢房①，

① 指“他两眼漆黑，只好紧闭着眼帘”的情状。

那就算见到了这桩罪行的终止；
柯拉廷又会来到鲁克丽丝身旁，
在这洁净的床榻上安静地休憩。
但两眼势必睁开来杀这对夫妻：
圣洁的鲁克丽丝面对两眼的逼视
势必把生命和人世的欢乐丧失。

洁白的手臂在红润的脸颊下搁着，
不让枕头对嫩腮合法地亲吻；
枕头发了火，似乎要裂成俩半个，
两边鼓起来，想夺回失去的福分；
在两山之间，她的头埋得深深，
像一尊贞洁的石像，她躺在床上，
让那双淫亵的眼睛来百般赞赏。

床边斜倚着她的另一只玉臂，
映衬着绿色的床单，洁白无比，
像一朵四月的雏菊，盛开在草地，
晶莹的汗珠恰似夜晚的露滴。
她的两眼如金盏花收敛了亮丽，
隐在淡淡的暗影里，睡得甜美，
等着到时候睁开来为白昼增辉。

秀发如金丝，随呼吸而起伏游戏，
哦，温雅的放纵，任性的谦虚！
死的图形上显示出生的胜利，
有限的生命中含着死亡的阴翳。
睡眠中，生与死都使对方更美丽，
似乎这二者之间从没有纷争，
只是生中有死，而死中又有生。

象牙球似的双乳环布着蓝晕，
是两片未受蹂躏的贞节地带；
除了对夫君，不对任何人屈尊，
发誓只对他真诚地侍奉，爱戴。
见双乳，塔昆重新怀上了鬼胎；
像个罪恶的篡位者，他即刻动手，
要从宝座上把在位的主君赶走。

除刻意留心的，他能够瞧见什么？
除强烈渴望的，他向什么去观看？
面对眼前的景象，他屏息注目，
那双贪馋的眼睛凝视得发酸，
他礼赞，不，超过了礼赞，他迷恋
她玉石一般的肌肤，蓝色的脉络，
珊瑚一般的嘴唇，雪白的酒窝。

像猛狮见到猎物便变得温顺，
征服的喜悦满足了强烈的饥渴；
塔昆收住脚，盯着这熟睡的灵魂，
淫欲的冲动在凝视中渐趋缓和——
松弛了但没有平息，他站在床侧，
那一双眼睛，刚刚遏制了反叛，
又诱使血脉掀起更大的骚乱。

那血脉像一路掳掠的乌合之众，
凶悍的兵丁，热衷于野蛮的战绩，
欢呼血腥的杀戮、放纵的奸淫，
全不顾孩子的哭叫、母亲的哀啼，
趾高气扬，期盼着出击的时机。
他的心狂跳，敲响作战的警钟，
下达冲锋令，叫血脉按意志进攻。

擂鼓的心脏为燃烧的眼睛鼓劲，
他的眼吩咐他的手把先锋担当；
他的手得此殊荣，便得意忘形，
傲气熏天，大踏步进军，直开往
裸露的胸脯，她全部领地的中央；
他的手进犯，逼退蓝色的血脉，

使一双圆塔变得贫瘠而苍白。

血液向宁静的心房奔涌汇集，
哪管女主人正在心房里安寝，
一阵混乱的呼叫使她惊悸，
禀告说她已遭到可怕的侵凌。
她万分惊愕，睁开紧闭的眼睛，
向外窥视，要看清是什么骚乱，
蜡炬的凶焰照得她什么也不见。

试想有一个女子在夜半时刻
突然被可怕的梦魇惊醒了酣眠，
以为自己见到了鬼怪或妖魔，
狰狞的面目使骨节一根根震颤：
多么吓人哪！而她的遭际更惨，
梦境已经被打破，她亲眼目睹
想象的惊惶成了真实的恐怖。

她陷入种种惊惧与极度的惶乱，
像刚遭捕杀的小鸟颤抖不停。
她不敢睁眼，眼前却依然出现
迅速变形的鬼怪，丑陋而狰狞。
那是她虚弱的脑筋臆造的幻影；

脑筋生气了，恨眼睛逃离了光明，
就用更可怕的景象威吓眼睛。

塔昆的手啊还抚着她的双乳——
如攻城巨槌，向象牙城墙撞击！
摸到她的心（可怜的市民！）在受苦，
在拼命把自己毁伤，跃起又倒地——
敲击着她的身，他的手也随之战栗：
这使他更加疯狂，更少怜悯心，
去打开缺口，进入迷人的城镇。

塔昆的舌头首先如喇叭吹响，
声称他要同受惊的对手谈判，
她探出更白的下巴在白色床单上，
想弄清这突然袭击究竟为哪般；
他只用沉默的举止来表明心愿，
但她强烈地要他把理由讲清，
凭什么名义他敢于犯下这罪行。

他这样回答：“你那美丽的容颜，
使百合感到恼怒而变得苍白，
使玫瑰自惭形秽，羞红了脸面，
会为我辩护，为我诉说一片爱。

我来攻取你从未失守的要塞，
就以这名义：失误由你来负责，
是你的媚眼把你出卖给了我。

“假如你斥责我，我预先把你钳制：
你的美已使你陷入今夜的网罗，
你必须顺从地按我的意志行事，
只有你能使我得到世间的极乐；
我必将竭尽全力去摘取甜果：
理智与自责刚压下我的欲念，
你亮丽的姿容又把它重新点燃。

“我明白这图谋会带来怎样的忧烦，
我知道玫瑰用怎样的尖刺来防身；
我想到蜂蜜靠螫针来保障安全，
所有这些都事先劝我要谨慎。
但‘欲望’聋了，朋友的忠告听不进；
他有一只眼专用来向美人凝视。
痴迷到极点。全不顾法律和天职。

“我已同自己的良心讨论过，这举动
会引起怎样的不幸、痛苦与耻辱；
但什么也阻挡不了爱欲的奔涌，

教他那横冲直撞的色胆停步。
我明知随后就会因懊悔而痛哭，
还会遭责骂、鄙弃、刻骨的仇视；
我仍要全力以赴，去拥抱丑事。”

他说着，高高地挥舞着罗马宝剑，
那宝剑像空中盘旋搜索的猎鹰，
鹰翅的阴影使小鸡缩成一团，
钩形嘴威胁着，动一动便会丧命；
无辜的鲁克丽丝面对侮慢的剑刃，
仰卧着，恐惧中颤抖不止，听他讲，
如小鸡听着猎鹰的铃儿叮当响。

“鲁克丽丝！”他说，“我今晚要把你享有。
你若是拒绝，我就以武力相逼：
我横下心来要把你摧毁在床头；
然后再杀死你一名卑微的奴隶，
去损毁你的名誉和你的肉体；
在你僵死的双臂里我让他安歇，
发誓说见你拥抱他才将他处决。

“于是你那活着的丈夫将成为
每个冷眼观望者讥刺的对象；

你家人在讪笑声中把头颅低垂，
儿孙被当作杂种，遭众人诽谤。
是你，让他们把这等恶名担当；
你这桩罪孽将被人编进歌篇，
今后的岁月里，孩子们把它唱遍。

“如果你顺从，你我可暗中亲近；
罪行没有人知道，就等于没犯。
为了至善的目标而稍作牺牲，
法律也认为这做法情有可原。
毒草有时候跟香草掺和、搅拌，
成为纯正的合剂，给病人吞服，
它的药力中便不再含有毒素。

“为了你的丈夫和子孙的缘故，
请答应我的恳求；不要给他们
留下怎样也无法摆脱的耻辱，
永远也不会被人忘记的污损，
有甚于婴儿的胎记、奴隶的烙印——
人们出生时身上带来的青痣
归咎于自然，不是自己的过失。”

瞪一双毒蛇般露出杀机的眼睛，

他站直身子，暂时停止了讲话；
而她，本来是一片纯真与虔敬，
像白色母鹿落入兀鹰的利爪，
在荒野里哀求，这儿可没有王法；
凶残的禽兽不懂得半点温柔，
不服从一切，除了淫邪的欲求。

当黑色云团威胁着向世间逼近，
阴沉的雾气遮住巍峨的群山，
从大地中心忽吹来清风阵阵，
浓黑的烟霭被刮得四下逃窜，
暴雨被阻止，靠风把乌云驱散；
他急于造孽，被她的话语推延，
俄耳甫斯弹琴，普卢同紧闭两眼。①

恶猫在夜里醒着，把猎物戏耍；
小耗子挣不脱利爪，直喘作一团。
她神态严肃，反使他情欲大发，
他的欲壑填不满，贪求没个完。
他耳朵听她的哀告，他的心却不愿

① 希腊神话中，俄耳甫斯是诗人、音乐家。其妻被毒蛇咬死，他追到冥府，以琴声感动了冥王普卢同。冥王允许他领回妻子，但不准他在过冥界前回头看妻。他中途不禁回顾，其妻终被留在冥府。

把大门打开，让她的怨诉进入；
雨能化石，泪却能把淫心加固。

她乞求怜悯的眼睛悲切地凝视
他那紧蹙着眉毛的冷酷的面孔，
她吐出谦恭的话语，夹杂着叹息，
使她的雄辩添几分高雅雍容。
她的话时常停顿在句子当中，
还没有说到一半便突然中断，
有两次话到嘴边又难于开言。

她向他恳求，凭天帝约夫①的名义，
凭骑士高贵的身份、友谊的誓盟，
凭丈夫的爱情和不该挥洒的泪滴，
凭人类神圣的公德、共守的忠信，
凭苍天和大地、天地间一切神明，
恳求他赶快回到他借宿的床上去，
要服从荣誉，别屈从邪恶的淫欲。

她说："不要打算用污黑的报酬
来答谢我对你这样热情的款待。

① 约夫，希腊神话中最高的天神，即宙斯。也就是罗马神话中的朱庇特。

请不要弄脏供你解渴的泉流，
也不要把不能修补的东西损坏。
不要再瞄准，趁箭还没有射出来；
季节还没到就袭杀可怜的母鹿，
这样的射手算不得真正的猎户。

“我丈夫是你的朋友，为了他，放开我。
你是条好汉，为了你自己，快走。
我是个弱女子，请你不要陷害我。
看上去你不像骗子，别骗我上钩。
我的叹息如旋风能把你刮走；
只要男子汉能怜惜呜咽的女人，
就请你怜惜我流泪、叹息、呻吟。

“泪水、叹息和呻吟，如海浪腾翻，
击打你礁石般威胁航船的心脏，
用连续不断的冲激使它变柔软，
石头一旦被溶解，会化入汪洋。
假如你内心不像石头般顽强，
在我的泪水中溶解吧，发发善心！
仁慈和怜悯会进入铁铸的大门。

“我把你款待，因你有塔昆的外表，

难道你扮作塔昆给他添羞耻?
我要向天上所有的神祇控告——
你损毁塔昆的荣誉、王胄的姓氏;
你不是你所冒充的那人,假如是,
你也不像你——一位天神或君王:
君王似天神,能控制万事不失常。

"还没到盛年,你的恶念已发芽,
等你更长大,耻辱必然结硕果!
你现在是储君,就胆敢施暴逞霸,
一旦当上了国王,什么事不敢做?
你要记住啊,普通的臣民作了恶,
一桩桩一件件,都不能一笔勾销,
君王犯了罪又岂能在坟里逍遥!

"这样做,臣民对你因惧怕才拥戴;
因拥戴才惧怕,只对坦荡的国君。
对违法乱纪者,你势必姑息、忍耐,
因他们能证明你犯了同样的罪行。
你要是害怕这一点,就应该抽身:
君王们好比是镜子、书本、学校,
臣民的眼睛学着、读着、盯着瞧。

“你可愿当学校，让淫棍来进修用功，
从你的身上把可耻的课业学得？
你可愿当镜子，让淫棍从照影当中
看出逞凶有根据，犯罪得认可，
借你的名义为无耻的丑行开脱？
你是在支持对不朽美名的攻击，
把贞洁的声誉变成淫贱的娼妓。

“你有权下令吗？凭神明授予的权柄，
你敢叫贪欲背叛纯洁的心灵？
别抽出宝剑来护卫邪恶的罪行，
给你剑是为了诛杀罪孽的子孙。
有你做先导，无耻的罪犯会声称
正是你教会他怎样去施暴作孽。
那么你怎能去完成王子的大业？

“想想看，这是个多么丑恶的场景，
假如是别人像你这样地越轨。
人们很少能看清自己的恶行，
总是想粉饰自己悖逆的行为。
别人这样干免不了定为死罪。
啊，那些人终将被恶名紧裹，
如果他们不正视自己的罪过！

“向你，向你啊，我举起双手恳请——
这不是向诱人堕落的淫欲哀求。
我求你召回被你放逐的自尊，
叫它归来，叫谄媚的妄想退走；
让你的自尊锁住淫邪的念头！
快从你痴迷的眼睛里擦去灰尘，
看清你我的处境，对我发善心。”

“别说了，”他说，“我心中欲潮翻腾，
不会因受阻而退去，反而更高涨。
微火会很快熄灭，可烈焰燃不停，
借助于猛烈的风势，它越烧越旺；
小溪每天向咸涩的大海流淌，
带着一股股清澈的淡水奔向前，
海水增加了，咸味却无从改变。”

她说：“你就是大海，至尊的君王，
看啊，邪欲、奸诈、耻辱与妄念，
这一切全都注入你无边的海洋，
要把你血液的洪流肆意污染。
假如你的良知被恶德偷换，
你的大海就会在泥潭里埋葬，

而不是泥潭在你的大海中消亡。

“奴才要称王，你成了他们的奴仆：
他们卑微却尊荣，你高贵但低下；
他们被你放了生，却给你坟墓；
你为了他们，他们为了你，遭唾骂。
区区的卑贱怎么能遮盖伟大！
高耸的雪松不会对灌木弯腰，
低矮的灌木在雪松脚下枯凋。

“让你的邪念，你的贱仆，退走——”
“住嘴，”他说，“我决不再听你唠叨。
顺从我的爱，否则，挑起的冤仇
将代替爱抚，把你撕扯成碎条；
完事后，我还要下狠心把你拖到
某一个下贱的男仆肮脏的床边，
让他在耻辱的劫数中与你做伴。”

塔昆说完后便一脚踩灭了烛光，
因为光明和淫欲是相克的死敌；
丑行总是在隐蔽的黑夜里潜藏：
极难见到的，是极度暴戾的行迹。
饿狼已逮住猎物，羔羊在哀啼，

直到她自己的绒毛把哭声堵塞，
呼叫被甜嫩双唇的围栏掩埋。

塔昆拿起她夜间穿着的睡衣，
塞进她嘴里，堵住了惨切的叫嚷。
坚贞的眼睛里涌出圣洁的泪水，
把塔昆火热的脸庞濡染得冰凉。
贪欲啊，竟然玷污了洁白的卧床！
假如哭泣能洗净这样的污垢，
她的泪便将永远洒落在上头。

她所失去的东西比生命更宝贵，
而他所得到的东西将再次失去；
强迫苟合后必然是进一步敌对；
瞬间的欢乐带来长久的痛苦；
灼热的欲念化作冰凉的嫌恶。
纯洁贞节的宝库被全部盗空，
淫欲这盗贼比以前更加贫穷。

正像餍足的老鹰，吃饱的猎犬，
不再想疾飞，嗅觉也不再灵敏，
追捕猎物原本是天性所喜欢，
此刻它们只慢慢追，或干脆放行。

塔昆在今夜暴食后情况相近：
原来是美食，吞下后，变得酸涩，
他是吞噬了靠吞噬活命的欲火。

罪孽啊，玄想的头脑挖空心思
也想象不出罪孽有这样深重！
烂醉的邪欲须吐出吞下的东西
才能看清楚自己可憎的面容。
他恣意纵欲，谁来呵斥也没用，
炽热的情焰难熄灭，欲火难遏制，
像野马任性地驰骋，把自己累死。

一张脸失去血色，枯瘦而细长，
眼光呆滞，眉紧蹙，脚步蹒跚，
软弱、怯懦、胆小又可怜的欲望，
像乞丐途穷，哀叹处境的艰难。
肉欲膨胀时，淫秽与贞洁激战：
一夜风流，当欢乐已化为乌有，
罪孽深重的叛贼又祈求宽宥。

这就是罪恶的王子目前的心情，
他曾经热切地追求极乐的仙境，
而现在他却宣判对自己要严惩：

他终将受到万世的唾骂与痛恨。
他灵魂的圣庙已经被捣毁，夷平，
在圣殿废墟上，成群的忧虑集合，
来叩问蒙垢的女神[①]情况如何。

她说道，她的臣僚们犯上作乱，[②]
已经彻底摧毁了圣庙的墙基，
叛将们压服了她的不朽的尊严，
穷凶极恶地把她贬斥为奴隶，
活着受死罪，承担着无穷的苦难；
对此，她早有预见，掌握了一切，
但是，她无法防止他们去作孽。

这样想着，他悄悄趁黑夜溜走，
被俘的赢家，他同时获取又丢失，
他身上带着永不愈合的伤口，
任何良医也难除疮疤的痕迹；
他甩下受害人，使她更痛苦不已，
她在承受着他的纵欲的后果，
他所负载的是他负罪的魂魄。

---

① 指圣庙的主人，塔昆的灵魂。

② “她”指“他（塔昆）的灵魂”，即上一行的“女神”。“她的臣僚们”指各种邪欲。

他像偷食的癞狗在那儿爬走，
她躺着喘息，像羔羊神疲力倦；
他皱着眉头，恨自己行为污臭，
她极度绝望，用指甲把皮肉撕烂；
他落荒而逃，因畏罪而浑身冒汗，
她待在房中，诅咒这可怕的黑夜；
他奔逃，责骂那已经逝去的欢悦。

塔昆离去了，心里是沉重的悔恨，
她被抛弃了，在绝望的境地哀叹；
他飞速奔逃，盼望晨光的来临，
她却祈求着再不要见到白天，
她说：“黑夜的孽障到白天会显现，
我两眼诚实，从来没学过如何
做出狡狯的表情来遮盖罪恶。

“我两眼只想到，在白天人人睁眼
看得见那丑事，像在我眼前演出；
因此我眼睛宁愿固守着黑暗，
以便隐蔽的罪恶不至被公布。
我眼睛一哭就会把罪行暴露，
泪水跟侵蚀钢铁的镪水一样，

会把无奈的羞辱刻在我脸上。”

她大声诅咒夜间的安恬与宁静，
还命令两眼今后永不见亮光。
她猛击胸脯来唤醒自己的心灵，
叫心灵跳出去寻找纯洁的胸腔，
在那里好让纯洁的心灵安放。
她悲痛已极，简直要发狂，面对
幽冥的黑夜，她倾诉满腔的怨怼。

“绞杀温馨的黑夜啊，你形似地狱，
你的灰纸上记载着、证实着耻辱，
你专演惨剧和凶杀的黑色氍毹，
窝藏罪恶的渊薮，孽障的保姆！
蒙眼的老鸨，给邪恶避风的黑屋，
死亡的阴森洞穴，跟叛徒、强奸犯
私底下商议，串通好一起作乱！

“啊，雾气弥漫的、可恨的黑夜！
我受伤难愈，你既然对此有责任，
就该聚烟雾来挡住晨曦的光烨，
跟循规蹈矩的时间程序相抗衡；
假如你允许太阳一步步上升，

爬到高空，那就该趁他没就寝，
织出些毒雾罩住他金色的头顶。

“要趁太阳还没上正午的峰巅，
用霉烟浊雾去毒化早晨的清气；
要让致病的恶臭向四处扩散，
去破坏宏伟的美景、纯洁的生机。
把你的乌烟瘴气聚拢在一起，
叫太阳锁闭于雾霭密集的阵列，
到中午就日落，带来恒久的黑夜。

“假如塔昆是黑夜（他本是夜所生），
他就会玷辱银光四射的月亮，
会污损她的侍女——闪烁的星星，
使她们再不能从黑夜向外探望。
这样，悲痛中我就有伙伴好依傍；
患难之交总能够把痛苦减轻，
如同香客们聊天能缩短路程。

“我这里羞愤难当，却没人陪伴我，
没人挨着我，垂着头，合抱着胳臂，
还遮住脸面，藏起身上的污浊，
只有我孤零零坐着，心力交瘁，

洒银色咸雨，给大地浇灌泪水，
一面说，一面哭，痛苦中夹着呻吟，
消逝的哭诉记载着永恒的悲辛。

“长夜啊，你这冒着臭烟的火炉！
不要让多疑的白昼瞧见我的脸，
这脸在你的黑袍覆盖下隐伏，
含垢忍辱，承受着痛苦的熬煎。
你尽管继续统领着阴暗的地盘，
这样，在你的管辖下发生的孽障
都可以在你的黑色阴影里埋葬。

“我不做白昼暴露隐私的目标：
阳光会照出刻在我眉间的字迹——
它叙述完美的贞节如何枯凋，
神圣婚姻的盟誓怎样被背弃；
是啊，无知的文盲面对着书籍
根本读不懂其中高深的学问，
却能看出我脸上有劣迹污痕。

“奶妈哄孩子，会讲述我的故事，
用塔昆这名字来吓唬啼哭的幼婴。
演说家为了使演讲更生动有力，

会辱骂塔昆，连带着指责我不贞。
助兴的歌手会弹唱我的丑闻，
叫宴客仔细听一句句歌词描述
塔昆羞辱我，我又把柯拉廷羞辱。

“愿我的美名，那无知无觉的声誉，
为了柯拉廷的情分，能免遭污损。
这名声若成了街谈巷议的题目，
另一棵树上的枝叶也会凋零，
柯拉廷会受到不该受到的苛评；
我受到玷辱，他对此没丝毫干系，
正如我此前对他也忠贞无比。

“啊，隐秘的羞耻，无形的贬抑！
不痛的创口，有损门庭的暗伤！
柯拉廷脸上已刻有贬辱的字迹。
塔昆老远就能够见到那词章，
他不是在战时而是在平时负伤：
唉！多少人遭受着类似的打击，
打击者明白，挨打者却蒙在鼓里！

“你的荣誉若系在我身上，柯拉廷，
那么它已被暴力从这儿夺走，

我的蜜丢了，我已经变成了雄蜂，[1]
在遭到凶残的蟊贼洗劫之后，
我整个夏天的劳绩已化为乌有。
黄蜂混进了你的脆弱的蜂房，
吸尽了忠诚的蜜蜂守护的蜜浆。

“你的名誉受损害，我对此有责任，
但我是为你的名誉才热情款待他；
他来自你那儿，我不能撵他出门，
我要是对他怠慢，会被人笑骂，
何况，他还诉苦说他已经困乏。
他大谈美德，可恨！真叫人看不出，
这恶鬼当时已经把美德玷污！

“为什么害虫要闯入真纯的花蕾，
可恶的杜鹃要在雀巢中成长？
为什么蟾蜍用毒泥来污染泉水，
凶残的恶德在温柔的胸中潜藏？
为什么违反国王命令的正是国王？
世上并没有绝对的完美存在，
白璧总是要受到瑕疵的损害。

---

① 雄蜂是不采蜜的。

“把金银财宝锁入箱子的老头儿，
为痉挛、痛风和阵阵抽搐所折磨，
两眼顾不得对他的财宝瞅一瞅；
他坐着，像坦塔勒斯，焦渴又饥饿，[1]
徒然储藏着他精心积攒的成果，
收获没给他带来丁点儿欢笑，
只有治不好病痛引起的烦恼。

“这样，他拥有财富，却没能用上，
因而他留下遗产给儿子去掌管，
儿子们年少轻狂，很快挥霍光，
老父太虚弱，儿子们又过于强悍，
都不能守住这祸福参半的家产：
我们想要的蜜糖，忽然变酸涩，
就在我们刚得到蜜糖的时刻。

“狂风暴雨恭候着娇嫩的枝条；
恶草纠缠着奇花异卉的根梢；
好鸟歌唱的地方，毒蛇嘶嘶叫；

① 坦塔勒斯，希腊神话中主神宙斯和自然女神普洛托之子。他因得罪众神而被罚入冥界，拘于一个湖的中央。四周是水，渴时低头去喝，水即退去，使他永远喝不到水；头上满树是果子，饿时伸手去摘，树枝即抬高，使他永远吃不到果子。

美德的产物，往往被邪恶吞掉。
我们想要好东西，总是得不到。
得到的只有夹带着恶果的机缘，
它扼杀好东西，或将其本性改变。

“机缘啊机缘，你的罪实在不轻！
是你，给奸贼提供借口去犯罪；
是你，使豺狼轻易地扑向羊群；
是你，给阴谋作恶者送去机会；
是你，踢开了正义、理智和法规；
罪恶在你的黑洞里，没人看得出，
它虎视眈眈，把走过的生灵逮住。

“你迫使贞女违背自己的盟誓；
节制一松懈，你就把欲焰狂煽；
你扼杀贞洁的美德，你谋杀信义，
你这卑污的老鸨，恶毒的教唆犯！
你播种诽谤，公然把美誉偷换；
你这淫贼、逆贼，坑人的窃贼！
你的蜜变苦，你的欢乐变伤悲。

“你暗中的欢娱会变成公开的丑闻。
你个人的盛宴将促使众人持斋，

你荣耀的头衔会沦为卑贱的恶名，
你甜蜜的话语将化作难尝的苦艾；
你狂热的虚荣绝不会持久不衰。
邪恶的机缘啊，你如此歹毒，可是
人人都追求你，究竟是怎么一回事？

“你何时才跟恭顺的恳求者交朋友，
带他去能使他如愿以偿的地方？
你选定何时来结束激烈的争斗，
或把受困于苦难的灵魂释放？
你何时给患者送良药，治愈创伤？
穷人、瘸子和盲者爬着向你喊，
可是啊，他们永远见不到‘机缘’。

“病人在死去，医生却在睡大觉，
孤儿饿瘦了，而强徒在吃喝开怀。
法官在作乐，寡妇却在号啕，
忠言不务正，瘟疫就蔓延开来。
你不让任何慈善的事业存在。
暴怒，嫉妒，叛逆，凶杀，强奸，
你的时辰伺候着这一切罪愆。

“一旦真诚和美德跟你有联系，

就会有无数磨难阻挠你帮他们；
他们得花钱买通你，可罪恶不必，
他免费而得手，你却还满心高兴，
你心甘情愿地听从罪恶的命令。
塔昆赶来时，我丈夫柯拉廷本可
也来我这里，是你啊，把他阻遏！

“对于谋杀和盗窃，你不能辞其咎，
对于伪证罪，教唆罪，你并不干净，
对于叛逆，伪造证件，搞阴谋，
十恶不赦的乱伦，你都有责任；
你是同谋犯，因为你生来关心
过去未来的一切恶行和丑事，
从开天辟地一直到世界末日。

“狞恶的时辰啊，你，黑夜的同伙，
迅捷而诡秘的信使，噩耗的传递人，
淫逸的恶奴，青春的吞噬者，灾难的
更夫，罪孽的驮马，美德的陷阱！
你养育万物，又杀灭万物，啊时辰，
飞奔着害人的时辰！听我把话说：
你既然害我有罪，就该害死我！

“为什么机缘（原是你时间的奴仆）
不给我你本该给我的休息时间？
还勾销我的好运，更把我禁锢
到永远，让我去忍受无尽的灾难？
时间的职责是化解敌对的积怨，
消灭掉各种成见引起的谬见，
而不是毁损合法婚姻的妆奁。

“时间啊，你夸耀能平息帝王的纷争，
能揭露谎言，让真理见到光明，
给衰老的事物刻上岁月的烙印，
唤醒灿烂的黎明，为黑夜守更，
伤害伤害者，直到他改邪归正，
用分分秒秒来摧毁豪华的大厦，
用尘埃来掩埋金光闪耀的楼塔。

“你夸耀能使巨碑被虫豸蛀空，
能敦促万物枯萎，入遗忘之乡，
能磨损古籍，篡改其中的内容，
能把老乌鸦双翼的羽毛拔光，
能耗干古树的汁液，叫新苗茁长，
能把铁铸的古物研磨成齑粉，
能转动命运那令人晕眩的车轮。

“让老妇见到她女儿的女儿，
让孩子变大人，大人向孩子转化，
把专靠杀生活命的猛虎杀死，
驯服独角兽，叫狂暴的雄狮趴下，
嘲笑聪明人，被自己的聪明戏耍，
用丰饶壮硕的收成叫农夫喜欢，
用滴滴水珠磨穿巉峻的巨岩。

“为什么你一面行进一面恶作剧，
难道你能够回头来赔偿损失？
只要在长途跋涉中退后一小步，
使那些借债给无赖的人们变明智，
你就会赢得朋友，朋友千万亿；
可怕的黑夜啊，你若能倒退片刻，
我就会制止风暴，躲开那浩劫！

“行进不息的时间啊，‘永恒’的跟班！
不要让逃跑的塔昆有一刻平安，
用超过想象力极峰的极端手段
促使他诅咒这该诅咒的罪恶夜晚。
用狰狞的鬼影惊吓他淫邪的两眼，
使他因作恶犯罪而内心惶惑，

把每棵矮树都看作厉鬼恶魔。

“用骚乱的噩梦滋扰他的宁静，
使他困守在卧榻上痛苦地呻吟；
让他时时触霉头，处处遭不幸，
叫他去悲鸣，对他丝毫不怜悯。
用铁石心肠对付他，比铁石更硬，
使温柔的女人对他也失去柔情，
对他要比那盛怒的猛虎还凶猛。

“让他有时间去懊悔，把头发乱揪，
有时间对自己大骂，痛加谴责，
有时间绝望于时间对他的拯救，
有时间像人人憎嫌的贱奴般生活，
有时间去乞讨，求人家把泔脚施舍，
有时间看到靠救济过活的乞丐
都不屑扔给他被人扔弃的剩菜。

“让他有时间见到朋友变寇仇，
跳梁小丑们一齐来把他作笑谈；
让他有时间注意到发愁的时候
时间过得多么慢，而当他寻欢
作乐时，时间又过得多快、多短暂：

让他那无法抹掉的丑事永远
有时间为他虚掷光阴而悲叹。

“你这善与恶双方的导师啊，时间！
教会我去咒骂那受你教唆的恶棍！
让贼子被自己的影子吓得乱窜，
自己要杀死自己，在每个时辰。
这样的污血该通过污手来涌迸；
谁愿意这么卑贱地去执行任务，
做个卑鄙的刽子手杀死这贱奴？

“他来自帝王之家，就更为卑下，
他行为堕落，葬送了自己的前程；
地位越高，行为的影响就越大，
能得到更高的荣誉或更大的憎恨；
最毒的诽谤总对着最高的身份。
月亮被云遮，立即受世人惦记。
星星却可以随意把自己隐蔽。

“乌鸦可以在泥潭里把黑羽洗濯，
飞起时不见他随身把污泥带走；
可要是雪白的天鹅也想这样做，
在他的银绒上肯定会显出污垢。

仆役黑如夜，君王辉煌如白昼；
小虫子飞到哪儿都没人理会，
可人人都能见到老鹰在腾飞。

“去吧，废话，鄙陋小人的奴仆！
没用的空谈，懦弱无能的法官！
去吧，到口才竞赛的学堂去忙碌，
去吧，跟闲人瞎聊，同笨蛋争辩，
做个调停人，为诉讼双方斡旋。
我呢，我丝毫不想去论争、申诉，
我这桩案子，法律也无法救助。

“一切都枉然！我白白咒骂机缘，
咒骂时间、塔昆、黑夜的阴郁，
我痛责强加给我的恶名也徒然，
我徒然屏斥无法摆脱的侮辱，
废话是空炮，难给我公正的帮助：
此刻，对于我唯一有效的疗救
是让我已被污染的血液迸流。

“可怜的手啊，你何故听命而颤抖？
请你正直地帮助我清洗恶名；
一旦我死去，荣誉全归你这只手，

要是我活着，你将在恶名中偷生，
既然你不能卫护你的女主人，
又不敢撕掐她那淫邪的仇敌，
那就把你和屈从的她呀，都杀死！”

说着，她从凌乱的卧榻上跃起，
去寻找一种工具能用来自裁，
可这里不是屠场，没有这东西，
不能为她的呼吸道把气孔另开。
她的一口气聚集在唇间，吐出来，
好比轰鸣的大炮冒出了硝烟，
又像火山的尘雾飘散在空间。

她说：“我枉然活着，又枉然寻找
痛快地结束这不幸生命的法子。
我曾害怕过死于塔昆的弯刀，
为同一目的我又来寻找刀子；
当我怕死时，我是忠贞的妻子；
现在仍然是——不，这已经不可能！
塔昆夺去了我的忠贞的象征。

“唉！我生活的目的已完全丧失，
因此我现在没必要害怕死亡！

用死来洗刷污迹，我至少可以
给出丑的衣服戴上扬名的奖章，
我由死而生，教恶名由生而死亡。
可怜无助的救助啊：珍宝被盗，
就把无辜的珍宝盒子也烧掉！

“啊啊，柯拉廷！我决不让你知悉
受辱的婚姻有怎样腥秽的滋味，
我决不亵渎你对我爱的真意，
用受过凌犯的誓约来向你献媚。
杂种的嫁接绝不会长出新蕾！
玷污你家族的恶徒休想夸口讲
你是痴呆的父亲，养他的儿郎。

“他也别打算暗地里把你嘲弄，
跟他的同伙讥笑你现在的处境；
可你该知道，你的宝不是有人用
黄金来买走，而是被偷出大门。
而我呢，我是自己命运的女主人，
对于自己的失贞我绝不宽宥，
直到用一死来洗清屈从的罪尤。

“我不会用我的污渍来把你毒害，

也不用花言巧语来掩盖过失；
罪行的黑色衬底，我不想涂改，
不想把黑夜里丑事的真相隐匿。
我舌头会讲出一切，我眼睛好似
水闸，又好似山泉向溪谷奔驰，
要用净水涤净我不干净的故事。”

这样，哀怨的菲洛墨拉停止了歌鸣，
不再宛转地倾诉夜间的悲伤，
阴森的黑夜沉重而缓慢地迈进
可怕的冥府；瞧啊！鲜红的朝阳
给希求光明的眼睛带来了晨光；
但是鲁克丽丝没脸睁眼看自己，
只想把自身继续关闭在黑夜里。

透过每道缝，探入了白日的亮光，
似乎要指明她正坐着在悲叹，
她对着日光哭诉：“啊啊，太阳！
你何故在窗口侦视？不要再窥探，
你该用柔光去挑逗别人的睡眼；
刺人的亮光别烙刻我的额头，
因为黑夜的所为赖不着白昼。”

她无论见到什么都加以挑剔。
真正的悲哀如顽童，痴迷又任性，
一旦倔起来，什么都不合心意；
是旧恨，而不是新愁，变得温顺；
岁月制服了旧恨，可新愁难驯，
像个游泳的新手跳进了水里，
本领不到家，拼命游却终于溺毙。

她已深深地沉入苦恼的海涛，
同她见到的每件事都进行争论，
拿种种不幸跟自己的遭遇比较，
结果只能使已有的痛苦加深；
她不断比较着，一轮紧接着一轮。
有时候，她悲痛无语，成了哑巴，
有时候，她喋喋不休，如疯似傻。

小鸟歌唱着颂赞欢快的清晨，
甜美的鸣啭使她的悲痛更强烈，
欢乐总是要刺透痛苦的底蕴，
愉快的伙伴使伤心人无限悲切，
跟悲哀做伴，悲哀才化为喜悦：
只有得到了同病相怜的慰藉，
真正的痛苦才会感觉到宽解。

见到了海岸而灭顶，等于死两回，
望着止痛膏，伤口的疼痛更剧烈，
面对着食物却挨饿，胜似饿十倍，
悲痛遇到了救助者，更悲痛欲绝；
深深的哀伤如河水向前流泻，
河水被阻拦，便冲决堤坝而去；
悲哀被玩忽，就不再循规蹈矩。

她说："小鸟啊，你在嘲笑我！请你把
歌声埋进你空洞膨胀的胸膛，
在我能听见的地方，请你当哑巴；
我心烦意乱，听不进歌声抑扬，
悲伤的主妇受不了宾客的欢嚷。
请你把轻音乐送进快活的耳朵；
愁苦人滴泪打拍子，只爱听悲歌。

"唱着歌哀诉受辱的菲洛墨拉，来吧！①
把我散乱的头发当幽树来栖身；

① 菲洛墨拉，希腊神话中特剌刻王忒柔斯之妻普罗克涅之妹。忒柔斯奸污了菲洛墨拉，并割去她的舌头。普罗克涅大怒，杀儿子以飨其父。姐妹逃跑，忒柔斯紧追，最后菲洛墨拉变为夜莺，普罗克涅变为燕子，忒柔斯变为戴胜。夜莺的哀鸣就是菲洛墨拉在控诉忒柔斯。

像原野为你的不幸而哭成沼泽，
我一听哀调也止不住涕泪淋淋，
以深长的呻吟伴你低沉的悲鸣；
像伴唱一般，我低声控诉塔昆，
你揭露忒柔斯，用更动人的歌吟。

“你总是把身子倚伏在荆棘上面，[①]
这样来提醒你心中的深痛巨创，
可怜的我来模仿你，拿一把利剑
对准我的心，叫眼睛一见就惊慌，
眼睛一闭拢，我的心就落地死亡。
荆棘和利剑好比琴上的横柱，
调准了心弦，就奏出凋萎的哀曲。

“可怜的鸟啊，你不在白天唱歌，
似乎是羞于被任何眼睛窥见，
让我们找一片幽暗僻陋的荒漠，
既没有酷暑，也没有冰冻的严寒，
在那里，我们唱悲天悯人的歌篇；
借此来改造凶禽猛兽的天性；
既然人如兽，就让兽有一颗善心。”

---

① 据说夜莺在夜间总是把胸脯紧贴在荆棘上，以便清醒地唱它的夜歌。

像一头受惊的小鹿停下来四顾，
惶惶然不知道该从哪条路逃走，
或像个迷路人在盘陀路上踟蹰，
没法子立即顺利地找到出口：
就这样她心里自己跟自己争斗，
是生还是死，不知道哪个更好，
生当蒙羞，死又怕谴责难逃。

“唉！自杀，这事算什么，”她说道，
“不过是玷污了身体，又玷污灵魂！①
财富丢一半，另一半就护得更牢，
不像骚乱中财宝全丢的人们。
那母亲想做这等事真是太残忍：
两个小宝宝，一个被死神夺走，
她就要杀掉另一个，一个也不留。

“既然这一个纯洁，那一个也神圣，
哪个更贵重，肉体呢，还是灵魂？
既然两者都献给天国和柯拉廷——
上帝或丈夫，谁的爱对我更亲近？

① 自杀会玷污灵魂，是基督教道德。古罗马人没有这种观念。

唉！劲松的树皮若是被剥尽，
树叶会凋落枯萎，树汁会耗竭，
我灵魂也一样，她的皮已被劫掠。

“灵魂的住所遭洗劫，宁静被破坏，
她那座厅堂被敌人彻底捣毁，
圣洁的神殿被污染、践踏和糟害，
放肆的恶名已把她紧紧包围。
那就不该叫作对上帝不敬畏：
假如在破败的堡垒中挖条孔道，
我让受困的灵魂从这里出逃。

“此刻我还不能死，我要柯拉廷
听清楚我过早殒命的真实缘由，
好在我惨死的时刻，他发誓声明
要对迫使我自尽的歹徒报仇。
我要把受污的血液给塔昆保留，
这血是被他玷污，就为他流淌，
我要在遗嘱中写明这是他的账。

“我要把荣誉留给我这把利刀，
让它刺进我变得不洁的身躯。
是荣誉把那不名誉的生命除掉，

荣誉将从此永生，当生命死去。
美誉将在恶誉的灰烬中孕育，
我一死，同时杀死了可耻的丑名：
丑名一旦死，荣名立即得新生。

“亲爱的，我已经丢失了你的珍宝，
我还有怎样的财物遗赠给你？
亲爱的，我的决心值得你夸耀，
请按照我的榜样去报仇雪耻。
看着我，好决定对塔昆如何处置：
我（你的朋友）杀死我（你的敌人），
为了我，请你也这样去对付塔昆。

“现在把我的遗嘱简要地说明：
愿我的灵魂升天，肉体入地，
夫君啊，我的决定你必须执行，
刺我的尖刀该分享我的荣誉；
我的耻辱由毁我名声者承继；
我的所有的美名，都一一分赠
给那些从不认为我可耻的人们。

“柯拉廷，你负责执行我的遗嘱；
我怎样受骗，你务必从中看清！
我流的鲜血将洗净我受的耻辱；

清白地一死能除掉污秽的丑名。
别退缩，心啊！勇敢地说一声：‘行！’
服从手吧，我的手会把心攻克：
心和手都死去，又都成为胜利者。”

她心怀悲愤，安排下自己的死期，
又从眼角把咸涩的珠泪拭干，
她用沙哑而失控的声音呼叫侍女，
侍女急匆匆奔向女主人身边，
责任心像插上翅膀飞到她跟前。
在侍女看来，主人的脸颊好比
太阳光融化积雪后冬天的草地。

她向女主人谨慎地问候早安，
那语调细柔宛转，显示出恭顺，
当见到女主人脸上笼罩着哀怨，
侍女的脸上也相应而布满愁云；
但是她没敢贸然向女主人发问：
她的明眸为什么被乌云遮暗，
她的嫩腮上为什么苦水涟涟。

恰似太阳落山后，大地就哭泣，
花朵含露像噙泪欲溢的眼睛，
侍女也这样，她用盈盈的泪滴

去湿润圆圆的眼睛，充满了同情：
女主人的天穹上再不见灿烂的双星，
咸涩的海水浸没了双星的光芒；
这又使侍女的眼泪夜露般流淌。

这两个俊俏的人儿站立了好久，
似象牙雕像往珊瑚池中喷水。
一个哭得有缘由，另一个没有，
只是跟那一个泪人儿做伴相陪；
温柔的女人总喜欢伤心落泪。
揣度着别人的痛苦就自己悲伤，
她们或浸润眼睛或痛断肝肠。

男人的心肠似铁石，女人的似蜡，
女人被塑造全按照铁石的意图；
弱者受挤压，暴力、机巧和欺诈
把陌生的印记刻上她们的身躯。
不该说她们自己制造了恶誉，
正如一块蜡印上了恶魔的形象，
总不能认为蜡本身邪恶不祥。

女人们平整坦荡，如一马平川，
开阔得连虫子爬行都一目了然，
男子们似杂树丛生的野林一片，

那里有穴居的罪恶，在暗处睡眠；
水晶墙挡不住一粒粒灰尘向外看。
男子们一脸正经，把罪恶掩饰，
女人们可怜，脸上写明了过失。

谁也不要去痛骂凋谢的花朵，
应该去责备摧折花朵的严冬；
不是被害者，而是残害他人者
才应该受斥责；别说女人身不正，
啊，她们受男人的凌辱太深重！
骄横的少爷迫使柔弱的女子
租赁他们的丑闻，该予以痛斥！

这样的事例在鲁克丽丝身上发生，
半夜遭袭击，有可能随时死亡，
死也免不了随之而来的坏名声，
这同时使她的丈夫脸上无光。
反抗而死却仍然要蒙羞，这样，
她周身传遍使她瘫软的惧怕：
谁不能对一具尸体肆意谩骂？

这时，鲁克丽丝宽和而耐心地开口，
对陪她哭泣的可怜侍女这样说：
“姑娘，是什么缘故促使你泪流

满面，双颊上好似那雨水滂沱？
好心的女孩儿，你哭泣若是为了我，
这无助于减轻我的痛苦：如果能，
我自己流泪就足够消愁解闷。

“不过，告诉我，姑娘，”她说着停了停，
“塔昆啥时候走的？”带一声长叹。
“我起床之前，”侍女回答女主人，
“是该责备我贪睡起得晚了点。
不过至少我觉得还情有可原：
天还没破晓，我已从床上起身，
在我起床前，塔昆已无踪无影。

“夫人，如果您原谅侍女的冒昧，
我斗胆问一声您究竟有什么困难？”
“别问，”鲁克丽丝说，“即使能讲明原委，
详细叙述也不能将悲痛减缓；
我实在无法讲清遭遇的事件；
我所感受的太多了，却表达不了，
这种痛苦可说是地狱的煎熬。

“去，把纸笔和墨水拿到这儿来，
噢，这儿已有了，不用再费劲。
我该说什么？——我丈夫有一名听差，

你去吩咐他待会儿为我送封信，
把信交给我最亲最爱的夫君：
叫听差赶快准备好，把信早送到，
事情紧急，我这儿即刻便写好。”

侍女走了，她立刻着手来写信，
拿羽笔在纸上徘徊，心里费斟酌；
推理和忧伤发生激烈的斗争，
理智定下的，感情立即给涂抹；
这句写得太粗劣，这句太做作。
这样就像一群人挤在入口处，
都想先进去，堵住了她的思路。

最后她这样写开头：“尊敬的夫君，
你的卑贱的妻子在这里问候你，
谨祝你健康！我这里，请求你答应——
亲爱的，只要你还想见见鲁克丽丝，
就火速赶回来见我一面，急急！
我在家向你致意，心中含悲痛，
我的话简短，却有说不尽的苦衷。”

她把记载着哀痛的文书折起来，
清楚的惨事在纸上却写得不清楚。
从这封短信中柯拉廷会清楚明白

她心中凄楚，却不知是什么缘故。
她不敢就此把实情和盘托出，
免得她还未用鲜血洗刷污渍，
他会误以为这全是她的过失。

她要把气力和哀痛的情绪积蓄，
等丈夫到来听她诉说时倾泻，
叹息、呻吟和泪水都将有助于
她陈述怎样受辱，更能够洗雪
世人对她将有的猜疑或妄测；
为避免污渍，她不在信上多写，
行动将会把言辞远远地超越。

惨状目击比耳闻更令人惊骇，
眼睛会把它见到的悲惨过程
全部传达给耳朵，让耳朵明白，
每一种感官各领受一部分惨景。
我们听到的仅仅是苦难的一部分。
深海发出的声音比浅滩小得多，
语言风一吹忧伤的潮水就退落。

她的信已经封好，信封上写道：
“火速送往阿狄亚，交给我夫君。”
信差等候着，她把信件当面交。

催促这脸色沉闷的仆人快启程，
要像北风中掉队的大雁般飞奔。
加快，再加快，可她还觉得不快；
极端的迫切逼出了极端的心态。

老实的仆人向她深深地鞠躬，
目不转睛地注视她，脸上泛红，
默默地接过书信，一声也不吭，
带着单纯的羞怯，他匆匆登程。
谁要是把罪过深深隐藏在心中，
便想象人人都见到了自己的过失；
她以为他脸红是知道了她的丑事。

真是个憨厚的仆人！上帝看得清，
他只是缺少生气，少一点勇敢；
这种人毫无恶意，又忠心耿耿，
用行动代替言语。可有人相反，
答应得好快，做起来却懒懒散散。
他这个往昔时代的忠诚模范，
用诚实的目光担保，不用语言。

他燃烧的忠心点燃起她的疑心，
两个人脸上都燃起红色的火焰；
她想他脸红是因为他知道塔昆

犯奸淫，于是她跟着脸红，朝他看。
她目光专注，使得他更加愕然；
她越是看到他两颊血液涨满，
便越是疑心他看出她的破绽。

仆人返回前，她觉得时间太慢，
然而忠实的仆人才出发不久；
她无法挨过这段难挨的时间，
再叹息、呻吟和哭泣，已没有劲头：
悲伤厌倦了悲伤，呜咽已哭够，
于是她暂时停下来不再哀诉，
她要找出个新法子来宣泄悲苦。

她终于想起挂在墙上的图画，
画上有普里阿摩斯的特洛伊城堡，①
细绘着希腊的大军兵临城下，
因海伦遭劫，要把这座城毁掉，
威胁说高耸的伊利昂②即将倾倒；
天才的画家下笔时真有气派，
仿佛苍天在俯身亲吻那楼台。

---

① 普里阿摩斯是荷马史诗《伊利亚特》中的特洛伊末代王。他的儿子帕里斯劫持了希腊斯巴达王后海伦，由此引起了长达十年的特洛伊战争。

② 伊利昂即特洛伊。

画面上描绘着成千个不幸的人物，
艺术能创造生命，把造化嘲弄；
多少块干颜料点点滴滴似泪珠，
是妻子洒泪为丈夫被杀而悲痛；
鲜血在熏蒸：可真是鬼斧神工！
垂死者睁着暗淡无光的眼睛，
像煤火将熄，在漫漫长夜里烧尽。

你可以看到画上有干活儿的工兵，
他们都汗流浃背，沾满了泥土，
特洛伊城头一双双战士的眼睛
透过塔楼的观察孔向外注目，
忧郁而紧张地盯着希腊的队伍：
这幅画绘制得如此优美而精细，
能看到远处的眼睛也那样悲凄。

你可以看到大将们脸上呈现着
非凡的气度，一个个庄严而威猛，
年轻的士兵，行动迅捷而灵活；
画家还在场面上安插了几名
苍白的懦夫战栗着向前逡巡，
胆小的村夫描画得活灵活现，
观画者肯定能看到他们在打战。

画面上还有埃阿斯、尤利西斯，哎！[1]
这样的人像画，技艺实在太高超！
两人的面容透露出各自的心态，
那表情充分揭示了他们的情操；
埃阿斯眼里滚动着苛刻和暴躁，
狡黠的尤利西斯含笑，目光温和，
显示出老谋深算，又泰然自若。

你看沉稳的涅斯托[2]正站着演讲，
好像在鼓动希腊的将士去奋战，
他姿态庄重，挥动着他的臂膀，
抓住了人们的注意，吸引了视线；
演讲时，他的胡须如银白的丝线
上下抖动着，一股盘旋的气流
从唇间飘出，上升，在空中漫游。

群众围着他听傻了，嘴巴都张开，
像要把他的劝告全吞进肚里，
他们一同听，却有不同的神态，

---

① 埃阿斯和尤利西斯都是攻打特洛伊的希腊将领。当阿喀琉斯战死后，他的母亲要求埃阿斯和尤利西斯去夺回他的尸体，并说谁表现得英勇，就把他儿子的盔甲送给他。结果尤利西斯被认为是勇者，获得盔甲。埃阿斯愤而自杀。

② 涅斯托，特洛伊战争时希腊军中的高龄将军，勇敢、老练，还是出色的演说家、智慧的长者。

仿佛美人鱼唱歌使他们着迷；[1]
这些人有高有矮，描画得精细；
后面许多人头部几乎被遮住，
想跳得更高些以便看得更清楚。

这人的手臂靠着那人的头顶，
他的鼻子被旁人的耳朵遮住；
这个被挤得后退，气冲冲，脸通红；
那个被压得愁闷，咒骂得恶毒；
一个个怒形于色，或凶相毕露；
看来，若不是怕漏听涅斯托的忠告，
就会有一场恶斗，要动枪动刀。

这幅绘画蕴含着非凡的想象力——
别出心裁的技法，贴切而自然，
一支矛代替了阿喀琉斯[2]的形体，
握在披甲的手中，本人不出现，
除了心灵的眼睛，人们看不见：
一手或一头，一腿或一足，或面庞，

① 美人鱼，这里实际上是指赛人（Siren），希腊神话中半人半鸟的自然女神，居住在海岛上，常以美女的形象出现，用奇妙的歌声引诱航海者，使他们迷而忘返，遭到死亡的灾厄。

② 阿喀琉斯，无比勇敢、英俊、敏捷的希腊英雄，攻打特洛伊的希腊军队中的主将。是他杀死了赫克托。

就代表整个人形，凭你去想象。

特洛伊城墙被围得水泄不通，
他们的希望——勇敢的赫克托[①]上场，
许多特洛伊将士的母亲登城，
喜见子侄们挥动闪亮的刀枪；
为获胜，她们这举动太不寻常——
喜悦的心头闪过恐惧和忧悒，
正如锃亮的器皿染上了污迹。

鲜血从他们厮杀的达丹[②]海滩
流到西摩伊斯河[③]的芦苇岸旁，
河水试着要模仿这一场鏖战，
涌起了滚滚的波涛，一排排冲向
损毁的堤岸，然后退到河中央，
接着与更为汹涌的狂涛交汇，
撞击出水沫浪花在河岸迸飞。

鲁克丽丝来到精美的画图跟前，
想寻找一张充满悲苦的脸庞。

---

① 赫克托，特洛伊军队的统帅。特洛伊王普里阿摩斯和王后赫卡柏的长子，帕里斯之兄，特洛伊的英雄，也是多情的丈夫、慈爱的父亲。

② 达丹，即达丹尼亚，特洛伊城所在的地区。

③ 西摩伊斯河，源自伊达山，流经特洛伊平原的河。

她看到不少人脸上有一些忧烦，
却没有一张脸包含所有的哀伤，
直到她发现赫卡柏[1]正陷于绝望，
两眼盯视着普里阿摩斯的伤口，
他躺在皮罗斯[2]脚边，鲜血直流。

画家在她的身上剖析出时间的
暴虐，忧郁的磨难，丽质的凋零；
她的脸变形了，布满皲裂和皱褶，
她曾经有过的容貌已荡然无存。
脉管里蓝色的血液已变黑变浑，
不再有哺养枯槁血脉的源头，
生命在一具僵死的躯壳里拘留。

鲁克丽丝两眼盯住这悲哀的身影，
以自己的哀愁来想象老妇的悲戚，
老妇有种种痛苦来给她以回应，
只缺少哭喊和詈骂来诅咒死敌；
画家可不是能使她哭骂的神祇，
鲁克丽丝发誓说，画家对她不公道，
给了她多少苦，却不给舌头一条。

---

① 赫卡柏，特洛伊王后，普里阿摩斯之妻，赫克托之母。

② 皮罗斯，即涅俄普托勒摩斯，阿喀琉斯之子。特洛伊被攻陷后，他杀死了普里阿摩斯。

“可怜的木琴，”她说，“却不能发声，
我要用忧伤的舌头诉你的哀愁，
把香膏滴入你丈夫的伤口止痛，
还要对杀他的皮罗斯狠狠地诅咒，
用泪水灭火；特洛伊已烧得太久；
所有的希腊人都是你的死对头，
我定要剜出他们愤怒的眼球。

“我还要看看勾起战乱的妖姬[1]，
让我用指甲把她的粉面撕烂！
痴愚的帕里斯，是你的情欲惹起
天怒，叫烈焰滚滚的特洛伊承担；
是你的眼睛把这场大火点燃；
现在，由于你那双眼睛的过失，
父子和母女一一在特洛伊送死。

“为什么某些男女的个人欢情
会成为无数人共同遭受的祸患？
谁心血来潮，独个儿去侵犯别人，
这罪责就该由他独个儿承担；
无辜的生灵应摆脱株连的灾难。

① 指海伦。

为什么一人犯罪要众人受过？
为什么惩戒私欲要公众受折磨？

“看啊，赫卡柏哭泣，她丈夫死去，
赫克托昏厥，特洛伊罗斯[1]倒下来，
朋友挨朋友横躺，血流成渠，
混战中，朋友无意间把朋友伤害；[2]
一个人贪色导致千万人遭灾。
假如老普里阿摩斯教子有方，
特洛伊会得到荣光，不会被烧光。”

她看着画上特洛伊的惨状而哀恸，
悲伤的心情有如沉重的挂钟，
一旦晃起来，便随着重心摆动；
几乎不费力，发出凄恻的响声。
她受到触发，就对着画面上种种
惨酷的图景把自己的冤情诉说；
给他们言辞，从他们借来愠色。

她投出目光在整个画面上扫过，
看到谁处境凄惨，就为谁悲悯。

① 特洛伊罗斯，普里阿摩斯与赫卡柏的小儿子，为阿喀琉斯所杀。

② 特洛伊被攻陷时在夜间，混战中可能看不清敌我。

最后她看见那两手被绑的家伙[1]，
那模样引起几个牧人的同情；
他满面忧伤，却又知足而镇定，
跟这些乡民一道向特洛伊走去，
他颇有耐心，对痛苦毫不在乎。

画家以精湛的技艺把此人描绘，
隐去了狡诈，呈露出诚实的外表，
他步态谦恭，面容沉静，眼含泪，
昂起了额头，仿佛在迎接苦恼，
他的脸不红不白，红白相谐调，
因而羞愧的红色不暴露心虚，
苍白，却没有歹徒常有的恐惧。

此人就像个顽固不化的恶魔，
他所扮演的角色看上去真诚，
这样藏起了他心中鬼祟的邪恶，
甚至猜忌成性者也不会不信：
欺诈的伎俩、阴险的伪证竟然能
把黑色风暴投入明媚的蓝天，

① 即西农。据维吉尔《埃涅阿斯纪》，当希腊人定下木马计后，西农有意躲在木马腹下，让人俘虏，用谎言骗取同情，说服特洛伊人把木马拖入城内。最初发现他、俘虏他并同情他的是几个佛律癸亚（古国，在小亚细亚）牧民，他们把他带到特洛伊王普里阿摩斯面前。

把魑魅的罪恶涂上圣者的慈颜。

擅发假誓的西农，在画师笔下，
摆出温良的模样，他鼓唇弄舌，
使老迈轻信的普里阿摩斯被杀；
他的话语如“野火”①把伊利昂显赫
辉煌的荣耀烧光，上苍也难过，
星子们照影的明镜②已破碎消亡，
它们便奔离原来占定的地方。

鲁克丽丝对这幅图画仔细察看着，
她责备画家的技巧过于高妙，
认为西农不会有那样的神色，
邪恶的内心不会有正直的外貌。
她凝神注视这个人，瞧了又瞧，
发现他质朴的面容上显出真挚，
于是她断定这幅画虚假不实。

“这许多谎言和诡计，”她说，“不可能——”
她本来想说，“在这样的外表中暗藏。”
但此刻她脑中浮出塔昆的外形，
她下面想说的话语便受到阻挡，

① 特指古代海战中使用的一种入水仍燃的纵火剂，又名“希腊火”。
② 指特洛伊，意为这座城光辉灿烂，星星常从中照见自己的影子。

“不可能”包含的意义就此变了样，
变成了这样：“不可能不在这张脸
背后隐藏着罪恶的歹心，我发现。

“正如画面上那个狡猾的西农，
表现得如此持重，疲乏，又温和，
仿佛要晕倒，经不起劳累和哀痛——
披甲的塔昆也这样前来欺骗我，
他外貌忠诚，骨子里淫荡邪恶。
像普里阿摩斯宽待西农那般，
我款待塔昆：使我的特洛伊崩坍！

“看啊，西农在陈述，假惺惺流泪，
普里阿摩斯听着，竟泪水盈睫！
国王啊，你怎么老了却缺少智慧？
他流泪就是要特洛伊居民流血。
他眼里迸出的是火焰，不是泪液：
那使你动心的颗颗圆亮的珠泪
是团团火球，要把特洛伊烧毁！

“恶鬼从黑暗的地狱里偷得魔力；
西农浑身是烈火，却冷得战栗，
炽热的火焰在严寒中燃烧不息。
对抗的东西竟如此和谐统一，

只能哄傻瓜，使他们鲁莽轻敌：
普里阿摩斯轻信了西农的泪花，
西农就得以用水来烧毁特洛伊。”

说至此她怒火中烧，情绪激动，
胸中的耐心丝毫也不再留存。
她用指甲撕扯这画上的西农，
把他比作那带来祸患的客人，
客人的行为使她对自己都憎恨。
最后她一笑，不再把画面撕裂，
“我太傻，”她说，“扯破了，他也没感觉。”

她心中悲哀的潮水涨落不停，
她的怨诉使时间都感到厌倦，
她盼望黑夜，到黑夜又渴求天明，
日和夜都使她觉得漫长无边。
在极度悲痛中，一瞬也好似一年；
悲哀尽管已困乏，却很少睡眠，
不眠的人们看时间爬得多缓慢。

她跟画中人一起度过的时光
已经在她的沉思中悄悄地溜走，
她只顾深深思索着别人的哀伤，
自己的痛苦便暂时离开心头，

见到了惨象便忘掉自己的哀愁。
想到那些人艰难惨酷的遭遇，
伤痛便减轻，尽管没法子治愈。

现在那小心守职的信差已返回，
请来了他的主人和其他诸公，
柯拉廷发现鲁克丽丝穿着一身黑，
她那被泪水浸润的眼睛通红，
围一圈蓝晕，仿佛天上的彩虹：
暗淡的天空上两弧彩虹的光影
预示着刚过的暴雨将再度来临。

她的忧郁的丈夫看到这景象，
惊愕地注视着她那痛苦的脸庞；
她两眼红肿，泪水浸润着眼眶，
极度的痛苦把红润的脸色毁伤。
他没有勇气询问她情况怎样；
两人都站着，像旧友重逢在异地，
陷入迷惘中，话不知从何说起。

后来他握住她没有血色的素手，
开始问她道："究竟发生了怎样
不幸的祸事，使你不停地颤抖？
是什么愁苦使你的红颜凋丧？

为什么你穿起这身晦气的衣裳？
亲爱的，请把你沉重的心事表述，
倾诉悲痛吧，好让我们来救助。”

她长叹三声以激起诉苦的话头，
但是吐冤的字眼她说不出来。
她终于下决心回答丈夫的请求，
羞赧地准备让他们全都明白
她一身贞洁已经被强徒糟害；
这时柯拉廷和陪他同来的诸公
心情沉重地倾听着她的指控。

苍白的天鹅在她湿淋淋的巢中，
为自己必有的结局把哀歌吟唱，
她说：“没词儿能说清受辱的过程，
也没有理由可以把罪过原谅。
我的话很少，却有太多的哀伤。
要是用疲惫的舌头把一切陈述，
那就会引出太长太长的怨诉。

“下面是我要诉说的全部情况：
亲爱的夫君，有一个生人前来
占据了你的卧塌，靠在枕头上，
那是你困倦的头颅休憩的所在；

他对我进行了邪恶的暴力侵害，
那是怎样的侮辱，你可以想象；
你的鲁克丽丝啊，没逃脱魔掌！

“就在死一般可怕的漆黑夜晚，
那个人蹑手蹑脚地溜进房门，
手里有点燃的蜡烛，闪亮的短剑，
他轻声叫道：‘醒来，罗马的妇人，
你务必服从我的爱，假如你不肯，
敢抗拒我的爱欲，今晚我就使
你和你家人蒙受永久的羞耻。’

“他说道：‘假如你违抗我的意志，
我就把你家某个丑陋的仆人
结果了性命，接着再把你杀死，
然后对人说，我就在你们进行
幽会的地方发现了可恶的奸情，
便杀掉奸夫淫妇，于是我永远
博得了美名，而你将遗臭万年。’

“我听了就要跳起来大喊来人，
他立即拿起短剑对准我的心，
发誓说，除非我把这一切容忍，
否则就别想活着再叫出一声；

那我的耻辱便永远在史册留存，
伟大的罗马一定会永远记住
鲁克丽丝与仆人死于通奸败露。

“我自己软弱，敌人则非常强大，
过于软弱了，便增添极大的恐惧。
那个残酷的法官不准我说话，
伸张正义的抗辩一概不允许。
他那猩红的淫欲竟成为证据——
来证明我用美色勾引了他的眼，
法官遭抢劫，在押犯死得好冤！

“请你教给我为自己申辩的理由，
或至少让我寻找到一种安慰：
尽管我的血受辱，染上了污垢，
可是我的心依然清白而完美；
它没有受到淫虐，也从不准备
屈从于暴力，它始终纯洁无疵，
在已遭荼毒的躯壳里顽强守志。”

柯拉廷好似破产的商人般绝望，
低垂着头儿，话语被悲愤堵住，
他双臂交叉紧抱着，目光凄惶，
嘴唇顿时变惨白，想呼气吐出

那使他无力开口说话的痛苦;
他这么沮丧,毕竟是徒劳无功,
刚呼出一口气,马上又吸进口中。

像潮水咆哮着,粗暴地冲过桥洞,
眼睛跟不上它向前猛冲的速度,
它掀起旋涡,高傲地跳跃奔涌,
又蹦回迫使它迅跑的狭窄水域,
狂暴地出发,狂暴地回到原处:
他的哀叹也如此,仿佛在拉锯,
推出了悲痛,又把它拉了回去。

她见到丈夫哀伤得一言不发,
于是把他从惝恍迷乱中唤醒:
“亲爱的夫君,你这样悲伤更增加
我心中的悲伤,雨不能缓解山洪,
你哀痛只会使我的敏感的哀痛
加倍地剧烈。不如让悲哀浸透
一个人,一双泪眼,这已经足够。

“既然我使你如此动情,为了我,
为了你的鲁克丽丝,请你听仔细:
立即去为我报仇,惩治那恶魔——
他是你的、我的、他自己的仇敌。

假如你是在保护我免遭侵袭，
可惜太晚了；必须去诛杀奸宄，
过分的仁慈意味着纵容犯罪。

“大人们，在我说出那名字之前，”
她嘱咐陪同柯拉廷回来的人们，
“请保证对我立下崇高的誓言，
要迅速行动，去为我报仇雪恨；
拿起复仇的武器去铲除不平，
这样的义举值得被高度称赞，
骑士们应该凭誓约为妇女申冤。”

听罢这请求，在场的各位大人
都慷慨激昂，答应要为她上阵，
骑士精神促他们担负起重任，
他们都急于听到恶人的姓名。
可她还没有讲完难讲的全过程，
便阻止承诺，说道：“请你们说说，
怎样做能拭去强加给我的污浊？

“我身处危境，受到可怕的逼迫，
这样造成的失误该怎样定性？
我心地纯洁，能不能赦免罪责，
使我败坏的名誉能重新端正？

有什么辩词能使我摆脱困境？
泉水受毒质污染，会澄清自己，
为什么我不能洗净强加的污迹？”

听了这番话，他们立即回答道，
洁净的心灵已涤净肉体的污痕；
她转过面庞，含着勉强的苦笑。
那面庞似画，画着悲惨的不幸，
深痛巨创的印迹，由泪水刻成。
“不行，”她说，“今后的妇女不可以
为自己失足找借口，以我为先例。”

心儿仿佛要破裂，她一声长叹，
喊出塔昆这名字：“他、他，”她说，
除了这个“他”，她的话堵在舌边；
经过多少次失声，一再的耽搁，
断续的喘息，挣扎着，急促，疲弱，
她才说：“他、他，大人们，就是他
指令这只手给我致命的一扎！”

此刻，她把那有害的尖刀刺入
无害的胸膛，灵魂从胸口离去；
这一扎使灵魂摆脱了沉重的愁苦，
逃离了使它喘息的污浊的牢狱。

悔恨的悲叹送精魂飞上云衢，
永恒的生命从伤口飞出，逃跑，
同凡胎肉身的缘分已一笔勾销。

被这一惨烈的举动震惊，柯拉廷
和一班贵族们都像顽石般呆立，
鲁克丽丝的父亲见女儿鲜血直喷，
便一头扑向她那自毁的躯体；
布鲁图斯①从殷红的涌泉中拔去
杀人的尖刀，尖刀一离开胸脯，
她的鲜血要复仇，便向刀猛扑。

鲜血一股股冒出了她的胸膛，
分成了两条徐徐流淌的血河，
殷红的血水把她包围在中央，
那躯体如刚遭洗劫的荒岛一座，
不见人迹，在可怖的洪水中坐落。
血液一部分还依然鲜红纯洁，
一部分变黑，那是塔昆作的孽。

伤心惨目的黑血渐渐地凝固，
从四面渗出的清液②，形成一圈泪，

① 指罗马贵族。

② 指血清，是血液凝固时从血块中分离出来的淡黄色透明液体。

仿佛为这块污染的地方哀哭，
这以后，从污血不断地渗出清水，
仿佛它是在同情鲁克丽丝受的罪：
未遭污染的血液却鲜红依旧，
仿佛见到了腐臭的东西而害羞。

“女儿，亲爱的女儿，”老父亲哭嚷，
“你所夺去的生命是我的寄托；
孩子的身上存活着父亲的形象，
你现在不活了，我到哪里去生活？
我给你生命不指望这样的结果：
假如儿女们在父辈生前死去，
我们像子女，他们才像是父母。

“可怜的破镜子[①]！我过去常常看见：
在你美好的映象中，我返老还童；
但现在那明镜已变得陈旧昏暗，
只有时间磨损的骷髅在其中。
你已毁掉了你脸上我的面容，
砸碎了我的镜子里所有的美影。
我再也见不到自己青春的神情。

① 喻鲁克丽丝的容貌。参阅莎士比亚《十四行诗集》第3首第9、10行：“你是你母亲的镜子，她在你身上/唤回了自己可爱的青春四月天。”

“假如该活的生灵不再活命，
那么时间，终止吧，不要再延续！
难道腐臭的死亡该征服青春，
让摇晃、颤抖、衰弱的生灵活下去？
老蜜蜂死了，蜂房由壮蜂占据：
那么回来吧，快快醒来，鲁克丽丝，
看老父死去，别让我看到你死！”

这时候，柯拉廷仿佛从梦中猛醒，
他请悲恸的老岳父让出地方；
他扑入鲁克丽丝冰冷的血泊之中，
用泪水冲洗她苍白凄惶的脸庞，
他昏死一阵，好似要跟她共存亡；
毕竟男子的羞恶心能使他自持，
要他活下去，为爱妻报仇雪耻。

他内心深处经受的极大苦痛，
锁住了他的舌头，叫它别出声，
悲哀控制着舌头，逼得它发疯，
好久说不出话儿来宽慰心灵；
这时它开始吐字，细微的声音
挤在嘴唇边，急于要缓解悲愤，
以致他说的是什么没人能听清。

有时候，清楚地听到他从牙缝中
挤出“塔昆”，仿佛要咬碎这恶名。
在大雨被吹落之前，猛烈的狂风
阻遏着悲哀的潮水，使浪涛更猛。
终于大雨落下来，风势趋平静，
这时候，女婿和岳父互不相让，
哭娇女，哭爱妻，谁该哭得最悲伤。

一个说，她是他的；一个说，是他的；
可谁也无法把她单独地占有。
父亲说：“她是我的。”“不，是我的，”
丈夫说，“别把我哀悼的权利夺走，
谁也不要说是为她痛哭不休，
因为鲁克丽丝只是属于我一人，
能够为她恸哭的，只有柯拉廷。”

鲁克瑞修斯[①]喊：“唉，我给她生命，
她却把生命结束得太早，又太迟[②]。”
“她是我的妻！”柯拉廷嚷道，“真不幸！
她为我所有，她毁的是我的命根子。”
“我的女儿！”“我的妻！”大声的争执
传到收取鲁克丽丝灵魂的苍穹，

① 鲁克丽丝的父亲。
② 一种解释是鲁克丽丝未能在塔昆强奸她以前死去以保持名节。

“我的女儿！”“我的妻！”它这样回应。

布鲁图斯，已从她胸口把尖刀拔出，
看到他们俩争辩着，充满了哀痛，
便收起诙谐，显出自尊和严肃，
把傻相[①]埋在鲁克丽丝的伤口之中。
罗马人看惯了这副痴愚的面孔，
一直把他当作是宫廷的弄臣，
听他讲一些疯话和插科打诨。

他曾以深藏的谋略把自己伪装，
小心地护卫着他那隐蔽的机智，
现在，他抛却自己痴愚的模样，
即刻把柯拉廷眼中的泪水遏止。
他说道：“起来，受辱的罗马勇士！
不显山不露水，我被人当作傻子，
你聪明练达，我教你怎样行事。

“不行，柯拉廷，能否叫哀愁治哀愁？
能否叫伤痛医伤痛，灾难除不幸？
你给自己以重击，这算是报仇，
来为你惨遭欺凌的娇妻雪恨？

① 布鲁图斯曾伪装疯傻以逃过劫难。

幼稚的想法来自软弱的生性。
你那可怜的夫人错得没道理，
竟然自杀了，她本该去诛杀仇敌。

“勇敢的罗马人，别再把你的心灵
沉浸在令人伤感的、哀悼的泪水里，
跟我一起跪下来，担负起责任，
用祈祷唤醒罗马的诸位神祇——
既然罗马已蒙受了歹徒的非礼——
就请神祇们准我们拿起刀枪
把这种邪恶的丑事沿街扫荡。

“现在，凭我们崇敬的卡庇托殿堂①，
凭横遭玷污却始终贞洁的血泊，
凭赋予大地以万物的灿烂阳光，
凭维护公理和正义的罗马帝国，
凭控诉冤情的贞女不朽的魂魄，
还凭这血染的尖刀，我们宣誓：
为这位贞烈的妻子去报仇雪耻。”

说完这番话，他把手放在胸前，
亲吻那致命的尖刀，以结束誓词，

① 古罗马卡庇托山上的朱庇特（即宙斯）神庙。

他激励别人都听从他的明断，
众人惊异地望着他，都同意举事。
他们一齐跪伏在地上，于是
布鲁图斯便把刚刚立下的密誓
又重复一遍，大家也再度明志。

大家保证把审慎的计划实施，
决定抬着鲁克丽丝的尸身游行，
好让全罗马都看见血染的遗体，
这样来公布塔昆的罪恶兽行；
这事情进展迅速，很快便完成，
罗马的百姓没人不欢呼响应
把塔昆家族永久地驱逐出境。

（屠岸、章燕译）

恋女的怨诉

邻近小山，有一条幽深的溪谷，
一个哀婉的故事在那里流传，
山鸣谷应，使我的思绪起伏，
我俯身斜卧，倾听这故事好惨；
一会儿，见一位姑娘就在山间，
撕纸片，砸碎戒指，面色憔悴，
她要让凄风苦雨把世界摧毁。

她头戴一顶编着花边的草帽，
帽檐挡住了投向她脸上的阳光，
有时，她曾经有过的美丽容貌
还依稀可辨，虽然不再闪亮，
岁月还没有把青春全部埋葬，
不管愤怒的老天爷怎样严酷，
美貌还能从萎谢的年华中透露。

她不时把手帕拿到眼前细看，
手帕上绣着别出心裁的字体，
悲哀的泪水滴落在手帕上面，
浸透了丝线绣成的字字句句，
她不断揣摩那些字句的含意，
时时因无端的痛苦而大声哭叫，
抽泣和呼喊的声音时低时高。

有时她抬起双眼凝视远方，
那眼神仿佛直射浩浩苍天；
有时，她收回目光，双眼凄惶，
向大地俯视，有时，她的两眼
盯着什么出神，忽然，那视线
变得漫无目的，视而不见，
她的神志和视觉已混乱不堪。

她的头发不散乱却没有细梳，
可见骄傲的手儿已无心梳妆；
几缕松散的头发从帽边露出，
垂挂在她那苍白而憔悴的脸旁，
还有几缕发仍然用缎带系上，
虽然这只是随意编成的发辫，
却也还扎得牢固，不见散乱。

她从篮子里掏出无数纪念物，
掏出了琥珀、水晶和黑玉等宝贝，
她坐在岸边，小河仿佛在哀哭，
她把珍宝一件件扔进了河水；
哗哗的河水猛涨，靠的是眼泪，
像帝王不睬那乞求小钱的穷户，
却大大赏赐那贪求一切的巨富。

她手中拿着不少折好的信件，
读一遍，叹着气，撕了，扔进河里；
把许多骨戒指、金戒指砸得稀烂，
让它们在水底找一片葬身之地；
还有些信上显出血写的字迹，
用丝带煞有介事地把信扎紧，
拆了再封上，以引起神秘感、好奇心。

她用泪水浸润着这些信笺，
一会儿亲吻它们，一会儿流泪，
她喊道："啊，你这血写的谎言！
想证明爱的坚贞，证明是虚伪；
这墨迹比别的墨迹更可恶，更黑。"
说着，她怒火中烧，把信撕烂，
满腔怨愤，叫信笺化成了碎片。

一位老人在附近放牧牛群——
他有时出言不逊，却曾经目睹
宫廷的变乱，城镇的骚动，一生
体察过时光飞逝，岁月匆遽——
他急忙走近这陷入痛苦的少女，
得便于年事已高，他想弄明白
这姑娘烦恼悲痛的原因何在。

于是这老者扶着纹杖蹲下身，
坐在姑娘的旁边，距离适当；
然后年迈人开始向姑娘探问，
想听取回话，以分散她的悲伤：
如果说他的来到有助于姑娘，
能缓解她的销魂蚀骨的痛苦，
那是由于高龄人慈悲的风度。

“大爷，”她说，“虽然在您的眼里
我的青春已经被岁月耗光，
可要是说我老了，这不是事实，
肆虐的不是年岁，而是忧伤：
我本该是朵鲜花，正在开放，
要是我当初自尊自爱，不理睬
别人的追求，这花儿怎能衰败。

“可是，我真不幸！我过早接受
一个青年的求婚——求我的恩典，
他生来仪表不凡，模样俊秀，
姑娘们都把目光投向他的脸，
没有归宿的爱情都走到他身边；
一旦在他的身上找到了依靠，
就有了新的归宿，就快乐逍遥。

“他一头棕色的鬈发向下垂挂，
随着一阵阵轻轻的风儿吹过，
他的发丝轻拂着他的嘴巴。
好事儿，总会找得到机会去做：
只看他一眼就会被摄去魂魄，
因为瞧着他的脸，就好似瞧见
宏伟天堂的缩影正描绘在上面。

“他的下巴颏还缺少大人气概；
他的嫩胡须像是他的皮肤上
一片未经修剪的绒毛，皮肤在
夸耀自己的光洁比茸毛更漂亮，
皮肤造就了更加珍贵的脸庞；
这样，连柔情蜜意也左右为难，
究竟有它好，还是没它更完善。

“他的性情跟外貌一样美好，
像女孩儿，他伶牙俐齿，快人快语；
然而，谁要是激怒他，他可不饶，
像四月五月间掀起的狂风暴雨，
风吹来，人高兴，尽管它难以驾驭。
年少轻狂，免不了粗野无礼，
把虚情假意隐入了直率的外衣。

“他的骑术很高超，人们常说，
‘那匹马由他骑才显得气概非凡：
在他的鞭策下，马变得高贵，有气魄，
多妙的转身，飞奔，一跃，一站！’
于是人们争论着，难以分辨：
究竟是他的骑术高超马才好，
还是马好他的骑术才高超。

“不过，人们很快就得出结论：
他的行为举止使他的穿戴
和装饰变得明快而生动，是本人
而不是衣着,造就他无上的光彩：
种种打扮依附在他身上，这才
显示出美来，这些衣装原是为
给他添彩，却因他而自身增辉。

“他有条如簧之舌，颇能说服人，
种种争论，种种深奥的诘问，
种种敏捷的回答，有力的佐证，
都为他服务，在嘴上时现时隐：
能叫发笑者流泪，泪人儿出笑声，
他能言善辩，掌握着多变的技巧，
凭他的意愿，多少人神魂颠倒。

“大家都对他倾心，把他迷恋，
不论男或女，老或少，全都一样，
人们时刻想着他，心甘情愿
前去侍奉他，追随他到处游荡，
他还没想到，赞同的声音已震响，
他想说什么，别人已替他说出，
人们的意图都服从他的意图。

“许多人得到他的一张画像，
看着好喜欢，把心儿扑进画像里；
就像痴心的人们总是爱幻想，
见人家有田地房舍这些好东西，
就认定这些财富全属于自己；
把财富收藏好，心里开了花，
比田舍真正的主人还要乐无涯。

“多少姑娘从来没碰过他的手，
却幻想自己已成为他的心上人。
不幸的是我，本来处境挺自由，
本来能完全掌握自己的命运，
只由于他花言巧语，美貌年轻，
倾倒于他的魅力，我付出爱情，
给了他花朵，给自己留下空茎。

“不过，我不像我的一些友伴，
有求于他，我也不有求必应；
我确认自己应受到荣誉的羁绊，
为体面，我不能跟他过分地亲近，
经验为我修建起一座座卫城，
城墙上血迹斑斑，它们是标志：
证明着珍珠是假货，爱情被劫持。

“可是，唉！谁因为有了先例，
就能摆脱她命中注定的厄运？
谁能够违抗自己的心意，去躲避
她在路途中必将遇到的险情？
忠告只能够暂缓事情的进程，
我们发怒时，劝导让我们别激动，
我们心里的火气却往往更浓。

“我们也不能因为别人的经验，
就抑制情欲，不让它得到满足；
怕我们受害，别人来好言相劝，
但那甜蜜的诱惑谁也挡不住。
哦，情欲，快离开理智的约束！
人有味觉就是为了尝味道，
尽管理智在哭叫：‘你无路可逃。’
“我可以说出‘他对人多么不忠’，
我知道他的种种欺骗手段；
听说他常在别人的果园里撒种，
还见到他脸上堆笑，诡计多端；
我明白他的誓言全都是谎言，
想到那言谈举止，装腔作势，
全是为他那奸诈的心肠作掩饰。

“为此我一直不敢越雷池一步，
直到那一次他向我进攻不止：
‘好姑娘，发发慈悲，别让我受苦，
你不用担心我的山盟海誓，
这只是对你，对别人我从不发誓，
爱情的盛宴我早已应邀品尝，
可我邀别人赴宴，这是头一趟。

“‘你所知道的我的一切过失，

原是我心血来潮，并不是真爱；
与爱情无干，虽说看来像回事，
其实两方面谁也没认真对待：
她们本来不识羞，死乞白赖，
这样，她们越是责备我负心，
我就越感到自己并没有亏心。

“‘在我所见到的许多姑娘当中，
没有人能用爱火暖我的心房，
也没人能使我感到丝毫悲痛，
或使我心神不宁，恓恓惶惶：
她们因我而受伤，而我却无恙，
多少人做我的奴仆，我自由自在，
在我的王国里，一切由我来主宰。

“‘看看伤心的姐儿们给我的厚礼，
这儿有宝石殷红，珍珠惨白；
分明是要我领悟她们的情意；
失血的苍白显示心头的悲哀，
血似的深红透露害羞的心态；
她们心中隐藏着羞怯和惶恐，
可是表面上还要吃醋又争风。

“‘看看姑娘们送来的这些银匣，

里面是多情的发丝，用金线缠住，
不少美人儿拿出这样的秀发，
含泪恳求我收下她们的纪念物；
还送来许多莹洁美丽的宝玉，
和苦心经营的十四行诗篇，阐释
这些宝玉珍贵的品性和价值。

“‘就说钻石吧，它看来美丽而坚硬，
外表透露着它的内在的属性；
再说翡翠吧，它这样鲜艳晶莹，
能使盲人的眼睛重见光明；
天然的蓝玉和白玉异彩纷呈，
和各种宝石杂陈，一件件玉器
受到了夸耀，就笑笑或者叹口气。

“‘瞧啊，所有这些炽烈的情感
和辗转反侧刻骨相思的表征，
大自然告诫我不要留作私产，
要在我献身时把它们当作贡品，
那就是献给你——我的生命的根本；
你本来就应该拥有这些供奉，
我只是祭坛，而你是我的保护神。

“‘啊，请伸出你那双早已击败

一切空洞赞美的纤纤素手，
把这些表记拿去，听凭你安排，
其中有伤心的叹息，如焚的忧愁；
我只是你的臣仆，我为你奔走，
把她们送我的零散的小件礼物
全集中起来，整批地给你送去。

“‘瞧这个！一位尼姑送我的礼品，
那是位修女，享有圣洁的名望；
她最近拒绝了朝廷贵胄的求婚，
她的好运叫多少女孩儿向往；
她正是富家子弟追求的对象，
可是她冷若冰霜，远远地躲避，
甘心把一生都用来崇奉上帝。

“‘可是，亲爱的，要抑制不羁的欲求，
禁锢未引起注意的心灵园地，
放弃未试的意图，装作能承受
那并不存在的镣铐——这多么费力！
她为了博取虚名而煞费心机，
为了免遭战伤，她匆匆逃避，
她这是勇于退却，却怯于进击。

“‘啊，原谅我自吹，可这是事实；

一次偶然的机会她和我见了面，
见了我以后她的威风全消失，
那时她只想飞出牢笼——修道院；
虔诚的爱情把教规抛在一边；
她曾经独居，拒绝了一切引诱，
但此刻她肆无忌惮引别人上钩。

“‘你可是真正了不起！听我告诉你：
倾心于我的那些伤心的姑娘
倾注她们的泉水到我的井里，
而我把它们全汇入你的海洋；
我强过她们，而你却比我更强，
我们俩结合是为了你的凯旋，
复合的爱情能治愈你的冷淡。

“‘我的才貌能打动修女的芳心，
她受过教养，趣味典雅而高尚，
一旦盯上谁便坚信自己的眼睛，
许的愿，献身的誓言全丢到一旁。
啊，爱情的力量！对于你来讲，
不需要任何誓言或许诺的制约，
因为一切属于你，你就是一切。

“‘当你强迫人服役，陈旧的规矩

起什么作用？当你爱欲正浓，
那财富、孝道、法制、亲属和名誉，
这些个障碍啊，一个个无足轻重！
爱力是和平，它抛开陈规和理性，
不怕蒙羞，它忍受痛苦和艰难，
使一切威力、惊愕和恐惧变甜。

“‘现在，和我心心相印的人们
感到我的心将碎，便呻吟，憔悴；
他们叹息着，向你苦苦地求情，
恳求你放下武器，别跟我作对，
请你来倾听我的设想有多美；
请你相信我无比坚定的誓词，
因为它发自内心，它万分诚实。’

“他说完便垂下泪水迷蒙的双眼，
从我的脸上收回了他的目光；
他的双颊上泻下了两股水泉，
那是咸苦的泪水在簌簌流淌。
啊！那泪河使得他俊美异常；
红红的玫瑰镶上水晶的光彩，
水中的辉煌使玫瑰永不衰败。

“大爷啊！在一颗小小的泪滴当中

竟藏着那么多巫术一样的欺骗，
可是，他两股眼泪在滚滚流涌，
怎么能不叫铁石心肠变软？
怎么能不叫冰冷的胸膛变暖？
分开吧！冷静的节制，炽热的激情，
最终却只有烈焰，冷静全消泯。

“他的热情不过是哄人的把戏，
却能把我的理智化作了泪水；
于是我卸下贞操的洁白圣衣，
再也不担惊受怕，放弃了自卫。
他对我流泪，我同样也对他流泪，
我们的泪水交汇，性质却相反，
他的害了我，我的却使他心欢。

“他为人有城府在胸，经纶满腹，
能使出种种花招，变化无穷，
有时候满面羞愧，有时候哀哭，
有时候面如死灰；或退却，或进攻，
总能够应付裕如，手段高明：
听粗话脸红，为悲剧流泪不止，
见惨状就面色惨白，不省人事。

“没有一个被他看中的女子

能够逃脱他四面包围的进攻，
表面上他的性情谦逊而仁慈，
暗地里他想坑害谁总能成功：
他想要什么就先说这东西没用；
要是他横生歹念，欲火中烧，
他先把贞洁的姑娘赞美夸耀。

“就这样他穿着一件美丽的衣裳，
把一个赤裸的恶魔深深掩藏；
没有经验的姑娘一个个上当，
他像个天使在她们头上翱翔。
哪个单纯的少女不受他欺骗？
唉！我已经失贞，今后怎么办？
这个问题呀扰得我心烦意乱。

“啊！他眼中滚出污浊的泪珠；
啊！他颊上燃起骗人的羞红；
啊！他心里发出假意的愤怒；
啊！他胸中挤出勉强的哀痛；
啊！虚伪的姿态似乎真诚，
它将使曾经受惑的再次受惑，
使改过自新的姑娘重蹈覆辙。”

（屠岸、章燕译）

抒情诗

热情的朝圣者

一①

我爱人起誓，说她浑身是忠实，
我真相信她，尽管我知道她撒谎；
使她以为我是个懵懂的小伙子，
不懂得世界上各种骗人的勾当。
于是，我就假想她以为我年轻，
虽然我明知我已经度过了盛年，
我笑着信赖她那滥嚼的舌根，
在爱的不安中面对那爱的缺陷。
但是为什么我爱人说她还年轻？
为什么我又不说我已经年迈？
啊，爱的好外衣是说得动听，
爱人老了又不爱把年龄算出来。
所以，我要骗爱，爱也要骗我，
既然爱能把我们的缺陷盖过。

① 此节原文与《莎士比亚十四行诗集》第138首大致相同。

二[1]

我有两个爱人，安慰和绝望，
他们像两个精灵，老对我劝诱；
善精灵是个男子，十分漂亮，
恶精灵是个女人，颜色坏透。
我那女鬼要骗我赶快进地狱，
就从我身边诱开了那个善精灵，
教我那圣灵堕落，变作鬼蜮，
用美色和情欲去媚惑他的纯真。
我怀疑到底我那位天使有没有
变成恶魔，我不能准确地说出；
但两个都走了，他们俩成了朋友，
我猜想一个进了另一个的地府。
但我将永远猜不透，只能猜，猜，
等待那恶神把那善神赶出来。

① 此节原文与《莎士比亚十四行诗集》第144首基本相同。

三[1]

你的眼充盈着善于辞令的天才，
使世上所有的雄辩家望而生畏，
岂不是这双眼促使我把盟誓破坏？
为了你而失信于人，这无可厚非！
我所背弃的只是个人间的女子，
不是你，而你是来自天上的神仙，
一面是天仙的爱情，一面是俗誓，
你的青睐将涤尽我的污点。
那俗誓只是一口气，飘荡游移；
而你，光照大地的美丽的太阳，
把这气状的誓言蒸发，收去：
誓言破灭了，过错不在我身上。
就算我违约——可谁会如此愚盲：
不放弃旧盟，去赢得整个天堂？

① 此节与《爱的徒劳》第四幕第三景第60—73行基本相同。

四

迷人的库特瑞亚[①]坐在小河边，
青春焕发的阿多尼在她身旁，
她频频送秋波去讨好这位少年，
只有美之神能投出这样的目光。
她给他讲故事为使他听了高兴；
她殷勤献媚去诱惑他的眼睛；
她抚摩他的身体想赢得他的心——
情意缠绵，就是要征服童贞。
可不知是他年龄小不解风情，
还是他有意拒绝她热情相邀，
柔嫩的小口对诱饵碰也不碰，
对她的好意只报以微微一笑：
美丽的女神竟冲他仰面躺下来，
他起身跑了；固执的傻孩子，唉！

① 维纳斯的别名。

五[1]

如果爱教我背盟，对爱人我怎样发誓？
啊！除非对美人，誓言全都是谎言：
尽管对自己亏待，对你我永远忠实；
这想法对我如橡树，对你如柳条弯弯。
学生不读书，他的书成了你的明眸，
其中蕴含着人间能尝到的一切欢乐。
知识渊博，这就是把你整个了解透；
对你尽情地赞美，这才是饱学的本色；
无知，是麻木的灵魂，见到你而无动于衷；
我确是衷心爱慕你，这对我是一种荣耀：
你两眼似约夫的闪电，嗓音如雷声隆隆……
不像是发怒，而是音乐，美丽的火苗。
啊！仙子！请原谅爱情的虚妄的礼赞，
称颂天仙怎么能出自世俗的舌尖！

① 此节与《爱的徒劳》第四幕第二景第 110—123 行基本相同。

六

朝阳还没有晒干清晨的露珠，
牛群还没有走进阴凉的树丛，
库特瑞亚，尝够了单恋的苦楚，
她渴望见到阿多尼，心情激动，
在小河旁边一株柳树下等候，
阿多尼常在这河中洗澡冲凉；
天气很热，她却有更热的企求，
盼着这少年来到他常到的地方。
不久他来了，把衣服扔在一边，
赤裸着身子在河畔青草上站定；
太阳辉煌的巨眼注视着世间，
却不像女神瞧着他目不转睛。
他突然见到她，急忙往水中一跳：
“天啊！”她叫道，“我要是那河水多好！”

七

我爱人很美，但总是三心两意，
她并不忠贞，虽然如鸽子般温柔；
她亮过玻璃，却也脆弱如玻璃，
她比蜡柔软，却像铁一样生锈；
苍白的百合花，还让蔷薇红来增辉，
她变得极其美丽，也极其虚伪。

她的嘴常和我的唇交融在一起，
吻一次说一回她爱我，发誓又赌咒！
她给我编许多故事叫我欢喜，
怕失去我的爱，担心爱不能长久！
可是，尽管她表现出绝对的认真，
她发誓，她流泪，全都是演戏，嘲讽。

她爱得炽热，如干柴碰到了烈火，
她把爱烧光，快得像火烧稻草；
她塑造爱情，又把这塑像打破，
她誓言忠贞，到头来又琵琶别抱。
这究竟是恋爱，还是卖弄风骚？
哪能好坏都不分，实在太糟糕！

八

如果音乐离不开美丽的诗句，
它们俩相依为命，如兄妹一般，
那么咱俩的爱情就会常绿，
因为你喜欢音乐，而我爱诗篇。
你爱道兰德①，他那奇妙的弹奏，
悠扬的琴声，使听众神迷心醉；
我爱斯宾塞②，他写诗尽得风流，
技压群芳，无须人为他鼓吹。
你爱听福玻斯③的诗琴（音乐的女王）
奏出美妙的旋律，销魂的乐曲；
而我爱听他自言自语的低唱，
听到他吟咏，我心中无限欢愉。
诗人们想象：诗神和乐神不能分；
一人爱两者，你就是两者的化身。

---

① 约翰·道兰德（John Dowland，1563—1626），与莎士比亚同时代的英国作曲家，诗琴演奏家、歌唱家，被公认为英国最伟大的歌曲作家。其作品表现出音乐变革期的新思想，出版有著名器乐曲集《拉克里梅耶》。

② 埃德蒙·斯宾塞（Edmund Spenser，1552—1599），与莎士比亚同时代的英国诗人，作品有《牧人日历》《小爱神》等，主要作品为《仙女王》。他被誉为“诗人中的诗人”。

③ 福玻斯，即太阳神阿波罗，也是音乐之神。

九

晨光灿烂，美丽的爱情女神，
……[1]
她脸色比白鸽更苍白，忧心如焚，
为了阿多尼，那桀骜不驯的少男，
她站在陡峭的山上等他到来；
他终于来了，带着号角和猎狗，
痴心的女神，怀一腔深情厚爱，
嘱咐这男孩儿别往猎苑里乱走，
她说："我见过一位漂亮的青年，
在这树丛中被野猪咬成重伤，
伤在大腿处，那样子看起来真惨！
看我的大腿，伤处就在这地方。"
她露出大腿，他看见几处伤痕，
红着脸跑开，留下她独自一人。

① 此行原文佚失。

十

鲜艳的玫瑰，早摘了，很快褪色，
刚刚吐蕊，就摘了，凋谢在春天！
闪耀的珍珠啊，瞬间失去了光泽；
美人啊，过早地毁于死神的利剑！
仿佛青青的李子，挂在树梢，
时候还没到，可风儿一刮就掉。

我为你哭泣，可是说不出缘由；
你的遗嘱里什么也没有留给我，
但是我对你本来就没有企求；
因而你给我的比我希望的要多：
噢，我求你宽恕，亲爱的朋友，
你是把牢骚当遗产放到了我心头。

十一

维纳斯，身边坐着年轻的阿多尼，
香桃木浓荫下，她开始向他求爱：
她告诉小伙子战神曾把她调戏，
像战神那样，她扑向身旁的男孩儿。
她说："战神就这样紧紧搂抱我，"
说着，她把阿多尼紧抱在怀里，
"战神就这样解我的衣扣，"她说，
她希望男孩儿也施展爱的绝技，
她说，"战神就这样把我吻个够！"
随即她伸过嘴去贴上他的唇；
正当她喘气，他却一溜烟逃走：
压根儿不同她取乐，不领她的情。
啊！但愿我水边的情人给我爱，
抱紧我，吻我，吻到我终于跑开。

十二

衰老和青春不可能生活在一起：
青春充满欢笑，衰老充满忧伤；
青春如盛夏晨光，衰老如严冬寒气；
青春夏日般鲜丽，衰老冬日般荒凉。
青春生机盎然，衰老一息奄奄；
青春灵巧，衰老蹒跚；
青春热情勇敢，衰老怯弱冷淡；
青春奔放，衰老呆板。
衰老，我真厌恶你；青春，我真爱慕你；
啊，我的爱，我的爱很年轻；
衰老，我向你挑战：啊！可爱的牧羊汉，
快走吧，我想你不能久停。

十三

美，只是个虚无缥缈的好东西；
一片晶莹的光泽，很快就消褪；
一朵花，刚长成花苞就凋零落地，
一块脆玻璃，轻轻一碰就破碎；
东西好，不可靠；玻璃，花朵，光泽，
转眼就毁灭；碎裂，凋谢，失色。

就像好东西去了，永远回不来，
像光泽褪了，怎样擦也不再亮，
像花朵谢了，再不会重新绽开，
像玻璃碎了，再不能粘成原样，
同样，美被玷污了，就永远消逝，
不管你怎样痛苦，挽救，掩饰。

十四

晚安，睡好觉。唉！这与我无关；
她道声晚安把我的睡意全赶跑，
留我在小屋里，我不禁心烦意乱，
唱起这悲歌，疑心我已经衰老。
“走好！”她说道，“希望你明天来再见！”
好可好不了，只觉得心中好凄惨。

见到我离开，她确实笑得很甜，
我不想弄清这是不是讥笑友情：
也许，我走了，她心中好不喜欢，
也许，她要我再去做一回流浪人；
“流浪”这词儿很像是我的魂儿，
吃足了苦头，可还是白费劲儿。

主啊！我凝视东方目不转睛，
我的心和钟表较量着，晨光升起，
把世间万物从沉沉酣睡中唤醒，
但我已不敢相信自己的视力。
夜莺在枝头唱歌，我坐着细听，
希望她唱得像云雀那样动人。

云雀用她的歌声迎接天亮，
把做着噩梦的黑夜逐出大地；
黑夜跑了，我追赶我的姑娘，
怀着希望，见到了渴念的俏丽；
悲哀变宽慰，宽慰里夹着悲哀，
只为她叹息着邀请我明天再来。

只要她伴我，黑夜就去得迅捷，
可现在一分分一秒秒实在难熬；
跟我过不去，一分钟好似一个月，
阳光不为我及时向花儿照耀；
夜快去，昼快来，昼向夜借些光阴；
今夜，缩短些，到明夜，你再延伸。

（屠岸、章燕译）

配乐杂诗

一

老爷有一位千金，三姐妹当中最美丽，
她爱慕她的老师，对他一心一意，
不想又见到一位英国人，俊美无比，
她不禁动摇了心旌。

爱这位？爱那位？她内心长期斗争不止，
不再爱老师？拒绝那勇敢的英国骑士？
俩人中选择哪一个？这使她烦恼之至。
唉，姑娘啊，可怜的人儿！

可是必须放弃一个人，她痛苦不堪，
想要同时得到两个人，这实在难办，
结果老实的骑士忍气吞声受怠慢。
唉，她真不愿这么干！

这样，文和武争斗，文终于占了上风，
满腹经纶的才学夺走了姑娘的爱情：
睡去吧，饱学的先生给姑娘快乐欢欣，
我的歌到此已唱完。

二[1]

有一天（真正不幸的一天！）
爱情，永远是五月艳阳天，
看到一朵美丽的鲜花
在风流倜傥的风前嬉耍。
吹进柔嫩的花瓣，轻风
无影无踪地踏上行程；
于是，爱情嫉妒得要死，
恨不能变作风儿去骋驰。
“风儿，”他说，“能吹拂你的脸，
风儿，愿我也福分不浅！
可是，唉，我已经赌过咒，
绝对不把你摘下枝头。
年轻人这样发誓太轻率，
小伙子谁不爱把鲜花采摘！
约夫见到你也会认为
朱诺的容貌又老又黑。
于是他放弃天神的威严，
为了得到你，赶紧下凡。”

① 此节原文与莎士比亚戏剧《爱的徒劳》第四幕第三景第 99—118 行大致相同。

三

我的羊不吃草，母羊不产羔，
公羊在衰老，全都不对劲儿；
爱情在消亡，忠诚是撒谎，
信心变渺茫，原因就在这儿。
快乐的舞步我全都忘掉，
姑娘不再爱我了，天知道。
她曾把忠诚奉献给真爱，
可如今，坚贞被否定、替代，
我丢了福气，一肚子晦气，
该死的命运啊，多变的姑奶奶！
我已经看清：女人比男人
更容易变心，更不可信赖。

我穿着丧服，我藐视恐惧，
爱将我放逐，我身为奴仆；
心儿在流血，我求助心切，
厄运啊惨烈，我背负痛苦。
我的牧笛呀寂然无声，
羊铃啊叮叮，发出悲鸣，
截尾巴小狗原本爱欢跳，

现在胆儿小，不玩也不闹；
深深地叹息，几乎要哭泣，
汪汪叫，像知道我的苦难。
无情的荒原上，叹息声回荡，
像万千败兵依然在血战。

清泉不再淌，鸟儿不再唱，
绿树变枯黄，色泽暗无光；
牧人泪涟涟，羊儿睡得酣，
仙女心发慌，回头偷偷望。
可怜的情郎所有的快慰，
草场上一切欢乐的幽会，
晚间的嬉戏，全都离去，
爱情已消逝，爱神已死去。
再见吧，甜女，你的爱不需
让我尝到甜，只教我尝到苦。
可怜的珂瑞登[①]独自度一生，
我已经看出他只好认输。

---

① 珂瑞登，古代牧歌中的牧童。

四

当你选定了中意的女子，
把你想逮的小鹿逮起来，
这样的事儿，该听从理智，
偏爱的情感也不例外。
若是要咨询，找个聪明人，
不要太年轻，还得结过婚。

你想对她讲你的心情，
别天花乱坠，尽要贫嘴，
否则她觉得你在骗人
（跛子最容易发现瘸腿）——
你只需讲明你很爱她，
再把她的人品夸一夸。

你做事要顺从她的意愿，
要舍得花钱，花在点子上，
大家的议论会传到她耳边，
说你挺大方，值得赞扬。
怎样坚固的堡垒和城垣，
也难以抵挡黄金的炮弹。

对她你要表现出信任，
求婚时必须谦恭诚挚，
除非这姑娘对你不贞，
你可千万别朝三暮四。
时机一到，就和她亲近，
别怕她拒绝你的热情。

别担心她此时紧锁双眉，
天黑前阴沉的脸色会转晴，
那时她已经来不及后悔，
却还要假装心里不高兴。
天明前，她跟你亲热两次，
顾不得过去曾故意藐视。

别害怕她似乎要跟你动武，
死活不愿意，又吵又骂，
到了儿她柔弱无力准屈服，
乖乖巧口说出这种话：
“要是女人和男人一样强，
你就再不用痴心妄想！”

女人惯使出蒙人的把戏，
而且显现出诚实的外表，

她们肚里的花招和诡计，
你和她紧贴身也无法知晓。
你没听见过人们这样讲，
女人说“不”都是在撒谎?

女人要是和男人相争，
那是犯罪，不是当天使；
她们不想要天堂的神圣，
活够了岁数，便一死了之。
床上的欢乐要只是亲吻，
女人就不会找男人结婚。

可是，轻点，说多了,我担心
我那女人她听见这歌声，
不把我骂个够她决不甘心，
骂我舌头长，爱唠叨，没个停。
不过，要是她那些诀窍
被戳穿，她也不免要害臊。

五

来和我同住，做我的情人，
我们要共度欢乐的时辰，
品尝着山峦、田野、山谷、
陡峭的峰岭奉献的乐趣。

我们可以同坐在岩石上，
看牧童牧放一群群牛羊，
潺潺小溪边，涓涓细流旁，
听小鸟美妙的歌声回荡。

我要用玫瑰为你做床，
铺满了鲜花，散一片芬芳，
编一顶花帽，和一件全部
用香桃花瓣绣边的裙裾。

腰带用香草和藤花编织，
珊瑚做扣子，琥珀做扣饰：
如果这乐趣能打动你的心，
来和我同住，做我的情人。

情人的回答

如果这世界这爱情还年轻，
牧童的话语也充满真诚，
那乐趣就能打动我的心，
我和你同住，做你的情人。

六

曾经有过那么一天，
明媚的五月令人心欢，
我倚着一丛香桃木坐定，
周围是一片怡人的绿荫，
走兽在跳跃，小鸟在歌唱，
花草在萌芽，树木在生长；
万物驱走了一切悲哀，
只有夜莺是唯一的例外。
可怜的鸟儿孤苦伶仃，
她把胸膛向荆棘靠紧，
她的歌声是那么可怜，
听着真让人觉得凄惨。
“去去，去！”她这样叫喊，
“忒柔[①]，忒柔！”一遍又一遍；
这歌声倾诉着她的哀怨，
听得我不禁泪水涟涟；

① 忒柔，指忒柔斯（Tereus），希腊神话中的特剌刻国王，雅典公主普罗克涅的丈夫。他强奸了妻妹菲洛墨拉并割下了她的舌头。姐妹二人为报仇，把忒柔斯与普罗克涅之子杀死，给忒柔斯吃。姐妹二人逃跑，忒柔斯穷追。最后神把三人变为鸟：普罗克涅为燕子，菲洛墨拉为夜莺，忒柔斯为戴胜。

因为她那深深的不幸，
令我想起自己的命运。
我想，你哀诉也是徒然，
没人会同情你的苦难。
草木无知，听不见叹息，
野兽无情，不会安慰你。
潘狄翁[①]国王早已死亡，
你的伙伴们是铁石心肠；
你的同类小鸟在欢唱，
丝毫不关心你的悲伤。
多变的命运露出笑脸，
你我双双都被她欺骗。
有的人对你阿谀奉承，
一遇到患难全不讲情分。
说空话容易，随意出口，
真诚的朋友实在少有：
只要你有钱乱花不心疼，
人人都争着跟你讲交情；
一旦你穷得叮当响，没钱花，
谁还会乐意来帮你一把！
要是一个人挥霍钱财，
他们倒夸他大方慷慨；

① 潘狄翁，普罗克涅和菲洛墨拉的父亲。

对他一味地恭维，赞扬，
“巴不得你做个真正的国王！”
如果他倾向于为非作恶，
他们立刻勾引他堕落，
如果他生性喜爱渔色，
他们叫女人供他取乐。
可一旦他不再青云直上，
他的声望便一落千丈；
原先对他巴结又讨好，
现在恨不得同他绝交。
真正的朋友决不会忘记
朋友间必须要同舟共济：
你若是悲伤，他也会哭泣；
你若是失眠，他也没睡意；
你心中承受的种种苦难，
他都要与你来共同分担。
明白了这一点才能区分
忠实的朋友和谄媚的敌人。

凤凰与斑鸠

让歌声最亮的鸟儿栖上
那株孤独的阿拉伯树梢，
放开嗓子，把丧事宣告，
纯洁的禽鸟都合拍飞翔。

但你这尖声鸣叫的信使，
魔鬼派遣的邪恶先驱者，
说狂热即将消亡的卜者，
可千万别走近这个群体。

哪一只禽鸟专横跋扈，
就禁止进入这个会场，
除了老鹰，那鸟中之王：
葬礼的肃穆一定要维护。

让身穿白色法衣的牧师——
能奏死亡之曲的司铎——

成为那预言死亡的天鹅，
丧仪必须由他来主持。

还有你这老朽的一族——
穿着黑色丧服的乌鸦，
张嘴呼吸像抽抽搭搭，
也来参加这哭丧的队伍。

哀悼的歌声现在开始：
爱情和坚贞都已经死亡；
凤凰和斑鸠在火中翱翔，
融为一体而飞离尘世。

他们相爱如双生合抱，
各有物质却出自一体；
两种品格又不分彼此：
爱中分你我确是徒劳。

两心远隔却不曾分离；
在斑鸠和他的女王之间
有距离却没有空间可见：
这是他俩创造的奇迹。

他们的爱情闪闪发光，

斑鸠从凤凰的眼中见到
自己的身体在熊熊燃烧：
二者同时又都是对方。

本性就这样受到了挑战，
自身可以不再是自身；
唯一的本源有双重名分，
是一还是二难以分辨。

理智已感到十分窘困，
看见两部分长在一起，
彼此分不清是我是你，
单一恰恰由复合组成。

它不禁喊道：“这可真是！
二者竟如此和谐一致。
要是这情形长期如此，
爱情就会把理智吞噬。”

于是它作了哀婉的歌曲，
为了给凤凰和斑鸠送行，
爱的双峰啊，恋的双星，
乐曲哀唱他们的悲剧。

哀　歌

美，真，圣洁的情操，
单纯之中蕴含的崇高，
已化为灰烬，火灭烟消。

如今凤凰的巢穴是死亡；
斑鸠的无限忠诚的胸膛
休憩在不朽的永恒之乡。

他们也没有留下后裔，
并非他们有什么痼疾，
只因他们是童贞的结缡。

真，有表象，没有真象，
美，靠炫耀，本色消亡，
真，美，双双被埋葬。

让两只非真即美的飞禽
一同进入这只骨灰瓶；
为两只死鸟，请哀告神明！

（屠岸、章燕译）

爱丽儿的歌[①]

蜜蜂采蜜的地方，我也在采：
向钟形樱草花瓣里我一头栽；
我躺在那里听猫头鹰叫起来。
我骑在蝙蝠的背上飞得快，
快活地要把夏天追回来；
在枝头垂挂的鲜花底下，
我将快活地，快活地安家。

① 这是莎士比亚的剧本《暴风雨》第五幕第一场中小精灵爱丽儿在普罗斯贝罗面前唱的歌。

海　悼①

五浔深处躺着你父亲；

珊瑚是他的骨头化成；

这些珍珠，是他的眼睛：

他的躯体全没有消泯，

不过承受了大海的变幻，

变得这样地奇丽，灿烂。

海仙女时刻为他报丧：

叮当。

听！我听见了——钟儿叮当响。

① 这是莎士比亚的剧本《暴风雨》第一幕第二场中小精灵爱丽儿对斐迪南公子唱的歌。

序　诗[①]

戏的背景是美丽的维罗那名城，
有两家声威相等的巨族名门，
两家的宿怨激起了新的斗争，
文明的双手沾满了私斗的血腥。

这两家宿敌，好像是命中注定，
偏偏生下了一对苦命的恋人；
他俩不幸的遭遇、最后的牺牲，
使两家父母终于达成了和平。

悲惨的爱情刻上了死神的烙印，
只有这亲生儿女的殒灭才能
使双方家长消除长期的仇恨——

① 这是莎翁悲剧《罗密欧与朱丽叶》第一幕的序诗，即正戏开始前由致词人说的开场诗。此剧共五幕，第一幕与第二幕前有序诗。用十四行诗形式作序诗的莎剧仅有此剧。原诗韵式是莎式，即 abab cdcd efef gg。译文改为一韵到底。

这就是今天两小时演出的剧情；
这些情形，请诸位耐心地聆听，
我没有说清，我们会演得分明。

初遇对白[①]

罗　密　欧：假如我刚用不洁的俗手冒渎了
　　圣洁的神龛，这罪过还算适度；
　　我嘴唇是一双羞赧的香客，准备着
　　用轻轻一吻来赎回粗鲁的接触。

朱　丽　叶：好香客，你责备你的手有点过分，
　　你的双手该用来参拜神明；
　　神的手允许香客用手来触碰，
　　掌心贴掌心就是香客的接吻。

罗　密　欧：神明不是有嘴唇吗？香客不也有？
朱　丽　叶：香客呀，嘴唇只用来祈求神明。
罗　密　欧：那么，亲爱的神啊，让嘴唇代替手，

---

① 这是莎翁悲剧《罗密欧与朱丽叶》第一幕第五场中罗密欧与朱丽叶初次相遇时的一段对白，用十四行诗形式写成。诗题为译者所加，原诗韵式为莎式的 abab cdcd efef gg。译文韵式依原诗，脚韵有重叠。

嘴唇在求你，别让希望化灰尘。

朱　丽　叶：神不能移动，虽然答应了祈求。

罗　密　欧：那就别动，请让我把许诺领受。

【吻她】

我的好姑娘，你漫步向何方[①]

我的好姑娘，你漫步向何方？
停下来听，你的爱人已来临，
他会唱抑扬顿挫的好歌；
不要再前进，可人的亲亲，
旅途的终点，是恋人会面——
每个聪明的人儿都晓得。

什么是爱？爱不在将来；
今天的欢欣，有今天的笑声，
以后的事情，谁也说不定：
别呆着不来，这是可一不可再，
来给我个吻，甜甜的二十岁人，
青春易逝啊，不让你久等。

---

① 选自莎剧《第十二夜》第二幕第三场。

一个情郎和他的姑娘[1]

一个情郎和他的姑娘，
嘿嘿唷，嘿唷嘿唷嘿嘿唷，
两个人儿行走在麦田上，
在春天，无比美好的定情天[2]，
鸟儿们嘤嘤在鸣啭，
甜蜜的爱人爱春天。

裸麦的田亩当中，
躺着可爱的村童。

他们开始唱这支歌，
说生命不过是花一朵。

一定要珍惜现在的时间，

---

① 选自莎剧《皆大欢喜》第五幕第三场。

② 互换结婚戒指之日。

嘿嘿唷，嘿唷嘿唷嘿嘿唷，
爱情是青春时候加冠冕，
在春天，无比美好的定情天，
鸟儿们嘤嘤在鸣啭，
甜蜜的爱人爱春天。

歌[1]

塞儿维亚是谁？是怎样的人？
惹得小伙子个个都夸她好？
她如此圣洁，美丽，又聪明；
上天赐给她无比的窈窕，
这就是众人赞她的原因。

她如此美丽，是否也和蔼？
美丽应当跟和蔼在一道：
爱神[2]跑到她眼睛里来，
为了把自己的瞎眼治好；
治好了就住下，不再离开。

我们都要为塞儿维亚歌唱，
谁都比不上塞儿维亚秀美；

① 选自莎剧《维罗纳二绅士》第四幕第二场。

② 指丘比特，一说他是盲目的。

凡间的一切都不免消亡，
塞儿维亚却有永久的光辉；
我们送花环给这位好姑娘。

戏 剧

约翰王

剧中人物

约　翰　王	
艾利诺太后	约翰王之母，亨利二世之遗孀
亨利王子	约翰王之子
亚　　瑟	布列塔尼公爵，约翰王之侄
康斯坦丝	亚瑟之母，约翰王之兄杰弗里之遗孀
布　兰　琪	约翰王之外甥女，卡斯蒂尔国王之女
福康布立奇夫人	福康布立奇爵士之遗孀（简称福康夫人）
私生子菲利普	罗伯特·福康布立奇之同母异父兄（亦称理查）
罗伯特·福康布立奇	老罗伯特·福康布立奇爵士之子
詹姆士·哥尼福	康布立奇夫人之仆
潘布罗克伯爵	
埃塞克斯伯爵	
索尔兹伯利伯爵	
毕各特爵士	

休伯特·德·伯格

彼　　得	来自邦弗来特的预言者
腓　　力	法兰西国王
路　　易	法国太子
李 摩 士	奥地利公爵
梅　　伦	法国贵族
夏 蒂 昂	法国派赴约翰王之使臣

潘杜夫主教	教皇使者

群臣，昂吉尔市民，郡长，传令官，军官，士兵，行刑人，信使，侍从等

场　　景

英格兰，法兰西

第一幕

第一景　英国王宫大厅

【约翰王，艾利诺太后，潘布罗克伯爵，埃塞克斯伯爵，索尔兹伯利伯爵，偕同法国使臣夏蒂昂上】

约　翰　王　说吧，夏蒂昂，法兰西有什么要求？

夏　蒂　昂　法兰西国王向您问候，并命我
代表他向您，英格兰国王陛下，
窃据王位的国王陛下，致意。

艾　利　诺　一开口就怪了：“窃据王位的国王！”

约　翰　王　别作声，母后，听这位大使怎么讲。

夏　蒂　昂　法兰西国王腓力，代表已故的
令兄杰弗里之子亚瑟·普兰塔，
对这座美丽的岛屿及其他领土，
对爱尔兰、波伊蒂、安茹、图赖讷、曼恩，

提出完全合法的领土要求；
要求您放弃手中的武器，您用它
越权霸占了种种权利，您必须
把这些权利归还给年幼的亚瑟；
他是您的侄儿，合法的君王。①

约翰王　假如朕拒绝你们，那又怎么样？

夏蒂昂　那就是要爆发激烈的流血战争，
强迫您放弃这些霸占的权利。

约翰王　朕将以战应战，以血还血，
以针尖对麦芒：请这样回答法王。

夏蒂昂　您就从我口中接受法王的挑战吧，
这是我身为大使的最高权限。

约翰王　把朕的挑战带给他，你平安离去吧。
在法王眼里，你将飞快如闪电；

① 据霍林舍德《编年史》载，英王理查一世（狮心王）去世前，决定把英王王冠、全部土地和统治权让给他最小的弟弟约翰。约翰于1199年5月正式继位。另一方面，约翰的侄子亚瑟（布列塔尼公爵杰弗里的遗腹子）从父亲手中继承了公爵领地安茹、曼恩、图赖讷等，被公认为这些土地上的最高领主。说法王腓力二世代亚瑟提出要求，让亚瑟当英国国王，这没有史实依据。约翰王与亚瑟等的血缘关系是这样的：亨利二世（普兰塔家族的第一代英王，死于1189年）与艾利诺王后（其前夫为法王路易七世）生下子女四人：一、亨利；二、理查一世（狮心王死于1199年）；三、杰弗里（布列塔尼公爵，死于1187年）；四、约翰王（1167—1216）。杰弗里与康斯坦丝生下亚瑟（1187—1203），亚瑟袭布列塔尼公爵（臣属于法国）。

你还没向法王报告，朕已到法国；
你们将听到朕的大炮的轰鸣。[1]
去吧！做喇叭，吹出朕满腔的愤怒，
预告你们自己不幸的灭亡吧。
让他得到体面的安全护送，
潘布罗克，你去护送他。再见，夏蒂昂。

【夏蒂昂，潘布罗克下】

艾　利　诺　怎么样，我的儿！我不是早就说过吗？
康斯坦丝狼子野心，她不把法国
和全世界煽动起来拥戴她儿子
回国来争权夺利，她决不甘休！
这件事原可以通过友好的谈判
顺利地解决冲突，避免决裂，
可现在两国政府要兵戎相见，
必须靠可怕的血战来做出裁决了。
约　翰　王　我们有强国的守卫，合法的权利。
艾　利　诺　你的守卫比你的权利强得多，
若不是这样，你和我就要倒霉了。
私下里我把真心话说到你耳边，
除苍天、你和我，别让任何人听见。

---

① 西欧直到14世纪才使用炮火，此处所写并非史实。

【一郡长上，向埃塞克斯耳语】

埃塞克斯　陛下，从乡下来了桩纠纷事件，
极其古怪，闻所未闻。这案子
要请您裁决。可以叫他们进来吗？

约翰王　叫他们进来。①

【郡长下】

应该让我们的寺院和修道院支付
这次远征的费用。

【郡长偕罗伯特·福康布立奇和他的
同母异父兄——私生子菲利普上】

约翰王　你们是什么人？

私生子　我是您忠实的臣民，一名绅士，
出生在诺桑普顿郡，据说，我是
罗伯特·福康布立奇爵士的长子。
他是狮心王麾下的士兵，在前线②
狮心王亲自授勋，封他为骑士。

---

① 此行原文为二音步。

② 狮心王，即英王理查一世（1157—1199），曾率领第三次十字军东征，后在反对法王腓力二世的战争中负伤致死。据传说，理查一世被奥地利俘获后，奥地利大公利奥波德命他与狮子搏斗，他把手伸进狮子口中，把狮子的心掏出，因此得名“狮心王”。

约　翰　王　你是什么人？

罗　伯　特　我就是那福康布立奇的嗣子、继承人。

约　翰　王　他是长子，你是嗣子，是吗？
看来，你们俩不是一母所生。

私　生　子　千真万确是一母所生，陛下，
这事儿人人都知道，我想，也该是
一父所生，但真相究竟如何，
只有天知道，还有我母亲知道。
我怀疑——世界上人人都会怀疑啊。

艾　利　诺　不得无礼，莽汉！你这样瞎猜
侮辱了你母亲，损害了她的名誉。

私　生　子　我吗？不，我没有理由去瞎猜；
太后，那是我弟弟的说法，我没说。
他若是能证明这说法，他就要夺去
我每年至少五百镑的丰厚收入。
天保佑我母亲的名誉和我的地产！

约　翰　王　是个爽快的老实人。他是你弟弟，
为什么他要夺走你的继承权？

私　生　子　这我不知道，只知道他要夺地产；
他干脆造谣诽谤，说我是私生子。
至于我到底是不是父母的亲生子，
那只好让我的母亲自己来说明。

可是，陛下，我也是名门出身。
（他养育我辛苦了，愿他的尸骨安息！）
比一比我俩的相貌吧，您判断一下。
假如罗伯特老爵士生下我们俩，
是两人的父亲，而这个儿子像他，
啊，罗伯特老爵士，我就要跪下来，
感谢老天爷，我生得不像你呀！

约 翰 王　老天爷送来了一个鲁莽的家伙！

艾 利 诺　他的相貌有一点狮心王的神态，
说起话来，腔调也有点像他。
从这人整个的气质上，你没有看出
我的那个亡儿的一些特征吗？

约 翰 王　方才我仔细打量过他的全身，
他长得跟理查一样。小子，你说说，
为什么你要争夺你哥哥的土地？

私 生 子　因为从他的侧面看，他像我父亲！
他就靠半边脸，要占有我全部土地——
一枚有侧面像的银圆，一年值五百镑！

罗 伯 特　仁慈的陛下，我父亲在世的时候，
您的兄长重用过我的父亲——

私 生 子　先生，说这话得不到我的土地呀；
你该讲他怎样重用我母亲的事儿。

罗　伯　特　有一回他受命担任大使，出使到
德国，在那里，他跟德国的皇帝
洽谈当时的一些重要事务。
狮心王乘我的父亲不在，就利用
这大好机会来到我父亲家中；
他是怎样得手的，我羞于开口。
可事实总归是事实。当我的母亲
怀上这位风流公子的时候，
我父亲和母亲之间正隔着重洋呢，
这是我听见父亲亲口讲的啊。
我父亲临终时在病榻上立下遗嘱，
把土地传给了我，并且发誓说，
我母亲的这个儿子不是他的种；
因为这儿子来到世界上比他
该来的时刻提早了十四个星期。
那么，陛下，就按我父亲的遗嘱，
让我得到我应该得到的土地吧。

约　翰　王　小子，你的哥哥是法律认可的，
他是你父亲的妻子婚后所生；
假如你母亲有私情，那是她的错，
每个有妻室的丈夫都要冒这样的
风险。据你说，我兄长付出辛劳，

生下了这儿子，假如他对你父亲
声明要追回这儿子，又该怎么办？
老实说，好朋友，你父亲可能要保留
他母牛生的犊子，任谁也不给；
他真会这么干；假如这孩子真是
我兄长的儿子，我兄长不会认儿子，
你父亲也不必否认这儿子。结论是：
我母亲的儿子生下了你父亲的嗣子；
你父亲的嗣子该得到你父亲的土地。

罗伯特　难道我父亲的遗嘱无效，不能够
否认一个非亲生的儿子的继承权？

私生子　兄弟，他要否认我，这力量不如
他要生下我那欲望的力量大，我想。

艾利诺　你愿意像你弟弟那样，做一个
福康布立奇家的人，享有土地；
还是做赫赫有名的狮心王的儿子，
有一身非凡的仪表，却没有产业？

私生子　太后，假如我弟弟有我的外形，
而我像他，有罗伯特爵士的形体，
假如我的腿长得像两根马鞭，
我胳臂像填了草的鳗鱼皮，我面孔
瘦得不敢在耳朵后夹一朵玫瑰花，

怕人说："瞧那三个法寻的镚子！"[①]
要长成这模样，才能够继承地产，
要我一辈子不挪窝，那么我宁可
放弃每一寸土地而保留这相貌；
无论如何我不做诺伯[②]爵士。

艾 利 诺　我很喜欢你。你愿意放弃财产，
把土地让给你弟弟，跟我去打仗吗？
我是个军人，正要出征到法国去。

私 生 子　弟弟，把土地拿去吧；我要去撞大运。
你的脸赢得了每年五百镑收益，
不过你的脸售价五便士都不值。
太后，我要跟随您一直到死去。

艾 利 诺　不，我倒是要你先走一步呢。

私 生 子　按我们乡间的规矩，尊长该先走。

约 翰 王　你叫什么？[③]

私 生 子　陛下，菲利普，这就是我的名字，
菲利普，老罗伯特爵士夫人的长子。

约 翰 王　你有他的形，因此也该有他的姓。

---

① 伊丽莎白女王时代铸造一种值三个法寻（一法寻等于四分之一便士）的小银币，上面有女王的侧面像，其耳朵后有英国国花玫瑰为饰，币甚薄。当时男子也有在耳朵后夹玫瑰花的习俗。

② 诺伯是罗伯特的诨名。

③ 此行原文为二音步。

菲利普，跪下去，站起来就高贵得多，
站起来，理查爵士，并且姓普兰塔。

私　生　子　请把你的手给我，我的同母弟；
我父亲给我荣誉，你父亲给土地。
谢上帝，我母亲把我怀上的时辰，
不论昼或夜，罗伯特爵士出了门！

艾　利　诺　这是真正普兰塔家族的精神！
我是你祖母，理查，就这样叫我吧。

私　生　子　太后，这出于偶然，不体面——没关系！
拐弯又抹角，稍稍离开了正道，
跳墙而进，或者是破窗而入。
白昼不敢动，只好黑夜里来到，
得手便得手，管他走什么路。
不论近射或远射，射中了便不错，
不论私生或婚生，我总是这个我。

约　翰　王　去吧，福康布立奇，你已经如愿，
无产的骑士让你做了有产的跟班。
来吧，太后，来吧，理查，赶快走，
我们去法国，去法国，不能再等候。

私　生　子　弟弟，再见，但愿好运气跟着你，
因为你是你父母体面的婚生子。

【除私生子外，全下】

私　生　子　按身份我是光荣地升高了一尺，
可土地呢，一千丈一万亩也都丢失了。
如今，我可以叫任何村姑当夫人。
“晚安，理查爵士！”“谢谢你，伙计！”
他名叫乔治，我就称呼他彼得；
贵人多忘事，成了新贵还牢记
人家的名字，那就显得太恭谨，
太亲切了。这会儿有旅客口衔牙签，①
陪着我，高贵的爵士，同桌进午餐，
等我这爵士的肠胃吃饱喝足了，
我就咂咂嘴，向那位周游列国的
漂亮哥儿提问题。我把身子
靠在胳膊肘儿上，“亲爱的先生，
我向您请教。”这就提出了问题，
接着是回答，像打开会话入门书，
答话人这样说：“先生，我听您吩咐，
我竭诚为您效劳。”问话人接下去：
“岂敢！先生，我愿意为您服务。”
下面是一大堆客套，满口的恭维，
扯到了阿尔卑斯山，亚平宁山脉，

① 牙签初创于东方，在莎士比亚时代，使用牙签表示曾在外国旅行，是当时的风尚。

比利牛斯山脉和波河，此外，
问的是什么事儿还没有弄明白，
很快就到了该吃晚饭的时候。
可只有这样才算是跟爵士交往，
才适合我这种春风得意的精神。
谁要是不巴结别人，不顺应时尚，
他就只能够成为时代的私生子。
我正是私生子，不管我顺应不顺应；
一个人不仅要注意服装和勋章，
也不仅要注意仪表、佩戴的饰品，
而且还要从内心吐出些奉承话，
笑里藏刀，来适应时代的胃口；
虽然我不会蓄意去骗人，可为了
不受骗，我要学会这一套本事，
这本事会为我铺开升官的道路。
谁穿着骑马装这样匆忙地赶来了？
这位女信使是谁？她没有丈夫
在前头为她吹响绿头巾喇叭吗？

【福康布立奇夫人及其仆哥尼上】

私　生　子　啊呀，那是我母亲。怎么啦？好太太，
你干吗这么急地到宫里来呀？

福康夫人　你弟弟那奴才在哪儿？他在哪儿？
　　　　　他到处败坏我名声，他哪儿去了？

私　生　子　我弟弟罗伯特，老罗伯特爵士的儿子？
　　　　　巨人柯尔布兰德[1]，那个大英雄吗？
　　　　　你是要找罗伯特爵士的儿子的吗？

福康夫人　罗伯特爵士的儿子！你好无礼啊，
　　　　　为什么你这样瞧不起罗伯特爵士？
　　　　　他是罗伯特爵士的儿子，你也是。

私　生　子　詹姆士·哥尼，你走开一会儿行吗？

哥　　尼　行，好菲利普。

私　生　子　菲利普？姓麻雀[2]！詹姆士，
　　　　　有些事情挺好玩，待会儿跟你说。

　　　　　【哥尼下】

私　生　子　太太，我不是老罗伯特爵士的儿子；
　　　　　老爵士在耶稣受难节可以吃我身上
　　　　　他那份血肉，而不算破了斋戒。[3]

---

① 柯尔布兰德，丹麦传奇《次维克的盖伊》中的巨人，为盖伊所击败。

② “麻雀”有二解，一解：请用菲利普这个名字称呼麻雀，别用它称呼我；另一解：此处“菲利普·麻雀”意思是本人名菲利普，但姓福康布立奇，已成问题，须改姓，姑且借“麻雀”为姓吧，开个玩笑。

③ 按天主教，在耶稣受难节那天必须斋戒，不吃肉。菲利普是私生子，不是罗伯特爵士的亲生骨肉，所以说罗伯特爵士吃菲利普身上的“他那份血肉”就是吃不存在的东西，等于没有吃任何东西，当然没有破斋戒。

罗伯特爵士挺能干——不过，老实说——
他能生下我？老爵士没这个本事！
我们认得出他的产品。所以呀，
好母亲，我这副身子骨到底是谁给的？
老爵士绝对造不出我这样一条腿。

福康夫人　你跟你弟弟串通到一起了，是吗？
为自己，你也该维护我的面子！
你讽刺挖苦，啥意思？你这个无赖！

私　生　子　骑士，骑士，像巴西立斯柯[①]。好母亲！
我已经受封啦！剑已经叩到我肩上。[②]
母亲，我不是罗伯特爵士的儿子。
我否认他是我父亲，我放弃封地；
合法的继承，名义，一切都没了；
那么，好母亲，告诉我谁是我父亲；
我希望是个美男子。他是谁，母亲？

福康夫人　你否认自己是福康布立奇一家人？

私　生　子　不假，正像我否认跟魔鬼是一家人。

福康夫人　狮心王理查，他就是你的父亲。
他长期热烈地追求我，我受他引诱，

① 巴西立斯柯，当时流行的剧本《索里曼和波塞达》中的人物，自吹为骑士，被他的仆人称作无赖。这里，私生子否认自己是无赖，宣称自己是骑士。

② 封建主用剑轻叩受封人肩膀，是古时授予骑士荣衔的仪式。

就让他睡到我的丈夫的床上来。
天哪！你就是我那次痛苦的失足后
暗结的珠胎，请原谅我的过错，
对他那强烈的欲求，我无法抗拒。

私　生　子　天地良心，要是我第二次投胎，
母亲啊，我也不希望有更好的父亲。
世界上有些罪过是可以原谅的，
你就是这样：你失足算不得愚蠢；
你没法不把心掏出来由他摆布，
向他那威慑的爱情纳贡称臣，
他那咤叱风云、无敌的气概，
连无所畏惧的雄狮也望而却步，
被理查掏出了它那高傲的心脏。
他既然能掏出狮心，自然能容易地
赢得女人的心啊。哎，母亲啊，
我衷心感谢您给了我这位父亲！
谁敢说我成胎时母亲你犯了规，
我要送他的灵魂到地狱去受罪。
来吧，夫人，跟我的亲戚见见面，
他们都会说，理查使我成胎时，
如果你加以拒绝，那才是罪愆，
说这是犯罪，是说谎，我说这不是。
【同下】

第二幕

第一景　法国，昂吉尔[1]城墙前

【法兰西国王腓力率军队，法国太子路易、
康斯坦丝、亚瑟、侍从自一方上；
奥地利公爵率军队自另一方上】

腓　力　王　英勇的奥地利，幸会了，在昂吉尔城下。
亚瑟啊，你那位伟大的同宗长辈，
掏出过狮子的心脏，在巴勒斯坦[2]
指挥过圣战的理查王，就是被这位

① 昂吉尔，法国西北部城市，公爵领地安茹的首府。

② 在巴勒斯坦指挥圣战，指理查王率领第三次十字军东征（1190—1192），同盟者有法兰西国王腓力二世和德意志国王腓特烈一世（巴尔巴罗萨）。

英勇的公爵过早地送进坟墓的；[1]
由于朕坚持，他现在来到这里，
为了向理查的后代补过修好，
孩子，他高举义旗拥护你，声讨
你那位逆天背理的叔父约翰
篡夺英格兰王位的窃国大罪。
拥抱他，爱他，欢迎他来到此地。

亚　　瑟　上帝会宽恕你杀死狮心王的罪过，
因为你给了他的后人以新生，
用战斗的羽翼护卫了他们的权利。
我只能伸出无力的手来欢迎你，
但是我心里充满了纯洁的挚爱。
欢迎你来到昂吉尔城门前，公爵。

腓 力 王　高贵的孩子！谁不愿为你出力？

奥地利公爵　我把热烈的一吻加在你面颊上，
这是我对你友爱的钤记印章：
我誓不重返家园，除非我见到
昂吉尔和你在法国的属地归于你，

① 按史实，理查王率领第三次十字军东征返国途中在维也纳被奥地利大公利奥波德俘获，时在1192年，次年被巨款赎归。理查在进攻自己的部属李摩士子爵维多玛的城堡时受箭伤致死，时在1199年。理查王之死与奥地利大公无关。莎士比亚按照无名氏旧作剧本《动荡不安的约翰王朝》中的安排，把李摩士子爵维多玛与奥地利大公利奥波德混为一人：奥地利公爵。

还有那用脚踢回大海的怒涛，
保卫着岛民不受外国侵凌的
一片暗淡苍白的海岸[1]归于你，
更有那被海洋环绕的英格兰，
那永远不怕外敌、安然无恙、
以水为城的海上堡垒英格兰，
甚至那西方最远的角落，都称你
为国王，向你敬礼；好孩子，不到
这一天我誓不回家，我坚持奋战。

康斯坦丝　啊，请接受他的寡母的感谢吧！[2]
你的有力的手臂将给他以力量，
他也会大大地报答你的恩情。

奥地利公爵　在这场仁义的战争中举起刀枪来
参战的人们会得到天赐的和平。

腓力王　好，让我们干吧！我们的大炮
要对准这座负隅顽抗的城市。
把那些通晓兵法的将校们叫来，
策划出对我们最有利的进攻方案。
我们甘愿把尸骨在城下横陈，
踏着法国人的鲜血向市区进军，

---

① 苍白的海岸指英国南部沿海与法国隔海对峙的白垩海岸。

② 按史实，康斯坦丝此时已嫁给第三个丈夫盖伊·德·托亚斯，并非寡居。

为了叫这座城向这个孩子臣服。

康斯坦丝　且等待你的使臣回来禀报，

不要让鲜血轻率地玷污你的剑。

夏蒂昂大人也许会和平地从英国

带来我们要用战争夺取的权利，

那时候我们会为了在鲁莽行动中

徒然抛洒的每一滴鲜血而懊悔的。

【夏蒂昂上】

腓力王　奇了，夫人！瞧你，说到夏蒂昂，

夏蒂昂就到。咱们的使者来了！

爱卿啊，英王怎么讲，简要地道来吧，

我们冷静地等着你，夏蒂昂，说吧。

夏蒂昂　没必要再进行这毫无意义的围攻了，

快激励大军去抗击大规模的进犯。

英王拒绝了您的公正的要求，

已经带兵出征了。逆风使得我

耽误了行期，倒是给了他时间，

让他的军队跟我同时登陆；

他正在向这座城市急速进军，

他来了，军容强大，士气旺盛。

跟他同来的还有他母亲，太后，

像阿忒[1]，怂勇她儿子来打仗杀人；

还有她侄孙女，西班牙的布兰琪郡主[2]；

已故英王的私生子也跟着来了，

还有全国的流氓，滋事的歹徒，

暴躁的莽汉，无法无天的志愿兵，

一张张女人脸，毒龙般火爆的脾气，

他们在家乡变卖了祖传的家产，

换来副铠甲神气地披在身上，

到这儿来冒险，碰一碰新的运气。

总之，英国的船只送来了一帮人，

没人比他们更加天不怕地不怕，

敢这样横渡汹涌澎湃的海浪，

公然来蹂躏这信奉基督的国土。

他们那粗暴的鼓声响起来了，

我没法再详细讲下去。他们来了。

【鼓声响】

要么谈判，要么决战，准备吧。

腓　力　王　他们来得这么快，真出乎意料！

奥地利公爵　越是出乎意料，我们就越是

① 阿忒（Ate），希腊神话中的女神，能使神或人神志错乱而把事情办坏。

② 布兰琪，艾利诺与亨利二世所生的女儿嫁给卡斯蒂尔国王阿尔丰索，生女儿布兰琪。

要做到头脑清醒，奋力抵御。
勇气会随着情况紧急而增长。
欢迎他们来，我们已做好准备。

【英格兰国王约翰、私生子菲利普、艾利诺太后、布兰琪、潘布罗克等上】

约　翰　王　愿和平归于法国——只要法国
允许我们把权利和平地继承；
否则，让法国流血吧，让和平升天吧，
我们是替天征讨，来惩罚那敢于
把上帝的和平赶回天庭的狂徒们。

腓　力　王　愿和平归于英国，只要战神
从法国撤回英国去，天下太平。
我们爱英国，为了英国①，我们才
身负沉重的铠甲，在这里流汗。
我们的辛苦，本该由你来承担；
但是你对英格兰太不爱惜了，
竟至于阴谋颠覆了合法的国君，
割断了代代相传的王室正统，
藐视年幼国君的威权，粗暴地
玷污了清正纯洁的英国王冠。

---

① 英国，指亚瑟的英国。

看看这儿，你兄长杰弗里的面容：
这眼睛、眉毛，都是你兄长的翻版；
这小小缩影体现着已故杰弗里的
已经消逝的身形，时间的手腕
会把这雏形扩展成雄伟的体魄。
那一位杰弗里是你的兄长，这一位
是他的儿子，英国是杰弗里的天下。
凭上帝的名义，这座城属于杰弗里。①
你呀，有什么资格自立为王？
鲜血还在他脑门儿的脉管里搏动，
他必须戴上被你夺去的王冠！

约　翰　王　法王，谁给你这样伟大的使命
叫朕来回答你气势汹汹的质问？

腓　力　王　朕受命于上天的法官，他能在任何
掌权者心中激起善良的意念，
来明察一切背信弃义的行为。
上天的法官命令朕保护这孩子，
在他的指令下，朕控告你的恶行，
凭他的支持，朕前来惩罚罪孽。

约　翰　王　啊呀！你这是篡夺无上的权威。

腓　力　王　对不起，朕这是为了打倒篡夺者。

① 此行原文版本有异。此处据“河滨版”译出。

艾利诺　法王，你说的篡夺王位者是谁？

康斯坦丝　我来回答你：是你那篡位的儿子。

艾利诺　呸，你无耻！你养的杂种称了王，
你就好当上太后，操纵全世界！

康斯坦丝　我的床始终忠于你儿子，正像
你的床忠于你丈夫一样。这孩子
面貌酷似他父亲杰弗里，胜过
约翰的神态像你，虽然你们俩
仿佛雨跟水、魔鬼跟他妈般相像。
我儿子是杂种？天地良心啊，我想
他爹的血统不见得就这么纯粹——
你是他妈吧，恐怕他不是纯种。[①]

艾利诺　你有个好妈妈，孩子，她诬蔑你爹。

康斯坦丝　你有个好奶奶，孩子，她要诬蔑你。

奥地利公爵　安静！

私生子　听庭吏说话。[②]

奥地利公爵　小鬼，你是谁？

私生子　大人，我是来跟你捣鬼的小鬼，

---

① 历史上艾利诺曾有不贞的行为，故其丈夫路易七世与她离婚。后艾利诺于1151年再嫁给英王亨利二世。

② 法庭开庭时，照例有一名庭吏高呼：“安静！”

我敢揭你身上的那张狮子皮。[①]

你就是俗话所说的那只兔崽子，

有胆子，敢捋死了的狮子的胡子；

我要抓住你，猛敲你的皮袍子。

你小子，当心点，我这不是耍嘴皮子！

布　兰　琪　哦！他剥下狮子身上的皮衣，

穿在他自己身上是多么匹配！

私　生　子　这皮衣穿在他身上，挺合适，正像

一头蠢驴披上赫丘利[②]的狮子皮。

驴子呀，我可要剥下你的皮衣服，

要不然，我就来敲断你的脊梁骨。

奥地利公爵　哪来的吹牛皮狂徒？胡说八道，

满口狂言，我们的耳朵都震聋了！

腓力王，快决定我们应该怎么办。[③]

腓　力　王　妇人们，孩子们，你们不要争吵了。

约翰王，告诉你这就是问题的全部：

朕代表亚瑟，要求你立刻归还

英格兰、爱尔兰、安茹、图赖讷、曼恩。

---

① 奥地利公爵身上披着那张狮子皮，作为战利品，以纪念他俘获曾征服狮子的狮心王理查。

② 赫丘利，罗马神话中的大力神，曾杀死涅墨亚的狮子，把狮子皮当作衣服穿在身上。

③ 此行原文版本有异，此处据“河滨版”译出。

你是否交出这一切，放下武器？

约　翰　王　你要了朕的命。朕向你挑战，法王。

布列塔尼的亚瑟，快快前来投降，

朕出于慈爱，要给你大量的恩赐，

超过胆小鬼法王能为你争得的。

归顺吧，孩子。

艾　利　诺　到祖母这儿来，孩子。

康斯坦丝　去吧，孩子，到奶奶身边去，孩子，

把整个王国给奶奶，你奶奶就会

赏你个梅子，一颗樱桃和无花果。

真是个好奶奶！

亚　　　瑟　我的好妈妈，别说了。

但愿我已经深深地埋在坟墓里，

我不愿你们为了我而这样争吵。

艾　利　诺　他母亲使他羞愧了，可怜儿，他哭了。

康斯坦丝　别管他母亲怎么样，没羞的是你！

他祖母有罪，不是他母亲有愧，

才使他流出了感动上天的眼泪，

老天爷会收受这些泪珠作酬金，

是呀，珠子是一笔贿赂，老天爷

会为他主持正义，向你复仇。

艾　利　诺　你这咒天骂地的恶毒的刁妇！

康斯坦丝　你这伤天害地的万恶的丑婆子！
别说我咒天骂地！你跟你儿子
迫害这孩子，篡夺了他的领土、
宝座和君权。他是你嫡长的孙子，
他遭到不幸，唯一的根子就是你。
你的罪顶在这可怜孩子的头上，
他跟你这个孕育邪恶的皮囊，
辈分相差只不过两代，于是
规定的报应落到了他的身上。[①]

约翰王　疯婆子，闭嘴。

康斯坦丝　我只有这句话要说，
他不但因祖母犯罪而遭难，而且
上帝让婆子的孽子跟婆子来惩罚
侄子和孙子，孩子为婆子而受罚，
也为那孽子而受罚，孩子受害，
婆子害人，还鞭策那孽子再作孽——
但一切惩罚全由孩子来承受，
全都由了这婆子。她死有余辜！

艾利诺　死不回头的泼妇！我可以让你
看一份遗嘱，它不许你儿子称王。

① 参阅《圣经·旧约·出埃及记》第20章第5节：“恨我的，我必追讨他的罪，自父及子，直到三四代。”

康斯坦丝　好啊，谁怀疑？遗嘱！邪恶的遗嘱！
女人的遗嘱，坏心肠祖母的遗嘱！

腓 力 王　别嚷了，夫人，停一停，说得温和点。
本人在此，你们这样子吵嚷，
不断地粗声对骂，成何体统！
吹起喇叭，叫昂吉尔的黎民百姓
到城墙上来，听他们说说，他们
承认谁是王，约翰呢，还是亚瑟。

【喇叭奏鸣。休伯特及市民在城墙上出现】

休 伯 特　是谁呼唤我们到城墙上来的？

腓 力 王　法王代英王唤你们。

约 翰 王　英王自己唤。
昂吉尔老百姓，朕的亲爱的臣民——

腓 力 王　亲爱的昂吉尔老百姓，亚瑟的臣民，
朕让喇叭声请你们来和平谈判——

约 翰 王　为了英国——所以，先听朕说吧：
这些法兰西旗帜，飘扬在你们的
眼前，展现在你们的城池面前，
原是开到这里来加害于你们的。
这些大炮的炮膛里装满了愤怒，
已经准备好要向你们的城墙

喷射那怒火铸成的钢铁炮弹；
这些法国人已经准备好在你们
这座城市的眼皮下，紧闭的城门前，
进行血腥的围攻，残暴的屠戮；
幸亏我们来到了，否则这些个
腰带般把你们围住的沉睡的石砖
在这些法国人大炮的猛烈轰击下
怕早已脱离那石灰粘住的层面，
散作碎块，形成了大缺口，好让
杀人的军队冲进去扑灭和平。
现在朕——你们合法的国王，来了，
我们不避艰苦，加速进军，
赶到城下，阻止了他们的进攻，
保全了城里受到威吓的黎民。
瞧啊，法国人一见到我们便傻了，
愿意谈判了，他们不再用炮火
来震坍这发烧发抖的城市，他们
射来了迷雾包裹的温和言辞，
要你们听信那不忠不义的谎言；
所以请相信朕的话，善良的市民们，
让朕——你们的国王，进城吧，朕一路
跋涉，急速赶来，精疲力竭了，

急需在你们城里略事休整。

腓力王　等朕说完后，请回答我们双方。

看吧，朕右边站着的这个孩子，

朕曾经庄严地宣誓，要捍卫他的

一切权利，他就是年幼的普兰塔，

这个人的兄长的儿子，名分上原是

他和他所享有的一切的君王。

由于正义受到了践踏，我们才

整顿队伍，进军到你们的城郊，

我们对你们并没有任何敌意，

只是为急公好义的热情所激励，

我们不得不挺身而出，来解救

这遭难的孩子。那么，就请你们

对他献出忠诚吧，他应该接受

你们的效忠，他就是年幼的王子；

而朕的武装，像套上笼头的狗熊，

只有外貌凶，已收起进攻的凶焰；

我们大炮的火力只会白白地

向天上那刀枪不入的白云去发射，

我们要平安地、井然有序地撤退，

我们的刀枪不残缺，盔甲全完整，

原来准备向你们城池洒下的

那一腔热血，我们带回家乡去，
让你们和妻儿老小安享太平。
可假如你们拒绝朕的提议，
那么，你们这古老的城墙并不能
保护你们不受到战争的伤害，
纵使所有这些训练有素的
英国人都驻在粗陋的城圈之内。
朕代表王子要求占领这座城，
告诉朕，你们可愿意尊朕为王？
要不然，朕就下达猛攻的号令，
踏着鲜血向前进，以实现占领？

休　伯　特　简单说，我们是英格兰国王的臣民，
为了他和他的权利而坚守此城。

约　翰　王　那就承认朕是王，让朕进城吧。

休　伯　特　我们不同意；谁能被证明是英王，
我们就对谁效忠。在此之前，
我们的城门对全世界紧紧关闭。

约　翰　王　有英格兰王冠还不能证明是英王吗？
假如还不够，朕给你带来了证人，
这里有三万名英国出生的健儿——

私　生　子　包括私生子在内。[1]

---

① 此行原文为二音步。

约　翰　王　他们以生命来证实朕的尊号。

腓　力　王　朕也有同样数量的血性男儿——

私　生　子　也有私生子在内。

腓　力　王　站在他面前来驳斥他的要求。

休　伯　特　在你们确定谁最合法前，我们
为拥护合法者，先拒绝你们双方。

约　翰　王　那么，在夜露降临前，在一场判定
谁是合法国王的可怕战争中，
多少灵魂将奔赴永恒的安息地，
愿上帝宽恕他们所有的罪过吧！

腓　力　王　阿门，阿门，上马，骑士们！去战斗！

私　生　子　圣乔治啊，你打死毒龙后，一直骑在
马背上，挂在酒店女老板门前，①
教我们两下子剑术吧！
（对奥地利公爵）小子，假如我
躺在你窝里，跟你的母狮子②在一起，
我要在你的狮子皮上加一个牛头③，
把你变成个怪兽。

奥地利公爵　住口，别说了。

---

① 圣乔治，基督教圣徒之一，是英国的守护神。传说他曾杀死一条毒龙。其图像常被绘在旅店的招牌上。

② 母狮子，婊子。

③ 牛头，头上有角。英国俗语，指妻与人私通，丈夫头上会生角。

私　生　子　啊，发抖吧！你听见狮子在吼了。

约　翰　王　到高原上去，在那里我们可以
调兵遣将，摆出最好的阵容。

私　生　子　那就快快去抢占最好的阵地。

腓　力　王　就这么办吧，
（对路易）令其余的人马去占领
另一座山。上帝和正义与我们同在！

【同下。休伯特及市民留城上】

【喇叭鸣响，双方出阵交战，鸣喇叭收兵。一法国传令官带领喇叭手走到城门前】

法传令官　昂吉尔市民们，请你们把城门打开，
让布列塔尼的少年公爵亚瑟进城，
今天他得到法军的帮助，取得了
使多少英国母亲流泪的战绩，
她们的儿子们倒下了，血染沙场；
多少寡妇的亡夫还趴在地上，
冰冷地拥抱着变了颜色的泥土。
损失轻微的胜利现在展现在
一面面欢欣鼓舞的法国旗帜上，
法国人要来了，满脸胜利的气派，
将作为征服者入城，宣布亚瑟为

英格兰国王，也是你们的国王。

【英国传令官率喇叭手上】

英传令官　欢呼吧，昂吉尔市民们！把钟声敲响，
约翰王——英格兰和你们的国王，要来了，
他是今天这场恶战的胜利者。
他们的铠甲出兵时银光闪亮，
收兵时全都染上了法国人的鲜血。
交战中英国将士们盔上的羽毛
没一根被法国士兵的枪尖挑下；
我们的旗帜出发时由谁举着，
归来时仍然举在这人的手中；
我们强壮的英国兵回来了，像一群
快活的猎人，在这场殊死的搏斗中，
双手被敌人的鲜血染成殷红。①
打开城门吧，为我们得胜者让路。

休伯特　两位传令官，我们能从头至尾
在城楼上见到你们双方怎样地
进攻和后退，你们是势均力敌的，
对此，最尖的眼睛也不能否认。
流血招流血，打击回报以打击；

---

① 猎人习俗，为庆祝狩猎成功，把手浸入被猎获的猎物的血中。

实力抗实力，军团面对着军团：
算旗鼓相当，我们不偏爱哪一方。
哪方优胜待证明；既然是平手，
我们就拒绝双方，也为了双方。

【两位国王各率军队上】

约翰王　法王，你还有鲜血可供抛洒吗？
说吧，朕正当的权利是否被承认了？
朕的意愿为你的阻挠所激怒，
将摆脱原有的航道，溃决泛滥，
横冲直撞，淹没你狭窄的海岸，
除非你允许这股清澈的流水
平平安安地向汪洋大海奔去。

腓力王　英王，在这次鏖战中，你们并没有
比我们法国人少流一滴血，毋宁说，
损失更大些。我凭这只手起誓——
这手统治着天空下这一方土地——
在我们放下正义的武器之前，
我们要拿起这武器先把你打倒，
或者在阵亡者当中加一名国王，
使得战争死难者名册光荣地
记上一位被杀的国王的名字。

私　生　子　哈，了不得！国王们热血在沸腾，
这一份光荣真个要登峰造极哟！
此刻，死神的嘴里装上了钢牙，
士兵的刀剑就是死神的利齿，
既然国王跟国王在争执不休，
死神就摆开宴席，大嚼人肉了。
为什么两位君主面对面发愣？
喊“杀”吧，国王们！回到淌血的战场去，
势均力敌的、怒火中烧的君主们！
让一方的溃败来确定对方的和平吧！
这之前，只能有搏斗、流血、死亡！

约　翰　王　城里的百姓愿意接纳哪一方？

腓　力　王　市民们，为英国说话吧。谁是你们的王？

休　伯　特　英王即吾王，我们要知道谁该是。

腓　力　王　英王在这里，朕正维护着他的权。

约　翰　王　英王在这里，朕是他伟大的代表，
朕御驾亲征，本身就是英王，
也是你们昂吉尔百姓的主人。

休　伯　特　比我们伟大的力量否认这一切，
在事情弄清以前，我们还是要
紧闭城门，保留着我们的怀疑，
只等待某个真正的国王出现，

把我们心中的疑虑彻底打消。

私　生　子　天哪！二位王上，昂吉尔刁民们

在嘲弄你们，他们在城上挺安全，

像在戏院里，张着嘴，指点着，观看

你们辛苦地演出的生死杀伐戏。

二位陛下，您不妨依我的计策，

仿效那耶路撒冷的叛乱分子，①

暂时地握手言和，联合起来，

向这座城市发动最猛烈的攻击。

让法军和英军从东西两方架起

一门门装满火药的攻城大炮，

叫它们发出惊心动魄的吼声，

轰倒这倨傲城市的石头肋骨。

我要对这批刁民不断地袭击，

直到彻底摧毁了他们的防御，

叫他们像空气一般得不到庇护。

这以后你们再分开联合的兵力，

把混在一起的旗帜分别举起来，

你们再面对面，刀对刀，拼死血战；

于是，刹那间，命运女神就选出

---

① 公元70年，耶路撒冷为罗马大军所围攻，城里正在进行内战的叛乱分子暂时停止斗争，联合起来，共同抗击罗马入侵者。

一方来作为她的幸福的宠儿，
她会给这个宠儿以她的恩典，
叫光荣的胜利跟这个宠儿亲吻。
这大胆的建议大王们以为如何？
它难道不是一条绝妙的计策吗？

约翰王　朕凭头上的青天起誓：朕喜欢
这办法。法王，咱是否联合起来
把这座昂吉尔城市踏成平地，
然后打一仗来决定谁是国王？

私生子　和我们一样，你受到刁民的侮辱，
那么，假如你具有国王的气度，
你就该掉转炮口，像我们这样，
把火力对准这面傲慢的城墙，
等到咱们俩把城市踏平之后，
你我再进行对垒，冲锋陷阵，
杀它个你死我活，地黑天昏！

腓力王　就这么办吧。你们从何处进攻？

约翰王　我们从西面进入市中心，[①]
给予毁灭性打击。[②]

奥地利公爵　我从北面进。

---

① 此行原文为四音步。

② 此行原文为三音步。

腓　力　王　我们的大炮从南面

向这座城市倾泻一阵阵弹雨。

私　生　子　（旁白）

啊，高明的策略！从南面向北面——

奥地利和法兰西相互对准了打炮。

我煽动他们干——喂，去吧，去吧！

休　伯　特　听我说，两位大王！请暂停片刻，

我建议你们和解，体面地联合，

不用杀伐就能够赢得这座城，

使这些准备牺牲的鲜活生命

得到拯救而可以寿终正寝。

别一意孤行，听我的，两位大王。

约　翰　王　你接着说吧，朕愿意洗耳恭听。

休　伯　特　那位西班牙郡主，布兰琪小姐，

是英王的近亲。请看看太子路易

跟这位可爱的小姐，年龄正相当。

假如风流的情郎要追求美人，

哪里去找比布兰琪更美的佳丽？

假如热烈的情郎要寻找贤德，

哪里去找比布兰琪更贞洁的淑女？

假如野心的情郎想配上名门，

谁身上流着比布兰琪更高贵的血液？

她美丽，贤惠，出身好，样样都有了，
年轻的太子正像她，什么也不少：
说他少了点什么，是少了小姐；
同样，布兰琪小姐什么也不缺，
说她缺了点什么，是缺了情郎。
太子仅仅是半个幸福的人儿，
要小姐去补足那另外半个；
小姐是至美至善整体的一部分，
只有太子来充实，才能够完整。
哦，这两股清亮的溪水合流时
会给两边的溪岸增光添彩；
两位国王啊，假如你们促成了
这门良缘，那你们就是使两溪
合流的两岸，使两族联姻的堤坝。
这姻缘对打开我们紧闭的城门
比大炮更管用；因为一旦成佳偶，
我们就要把城门大大地敞开，
迎你们进城，比炮火轰开城门
要快速得多；可若是没有这婚事，
我们就死守此城：我们比怒海
更加坚决，比雄狮更有信心，
比高山和巨岩更加稳固，就连

那摧毁一切的死神也不及我们
这样地顽强。

私　生　子　这儿出了点毛病，
把死神吓得连他老朽的骨架上
披着的破衣都掉了！好大的嘴巴呀，
吐出了死亡、高山、岩石和大海，
谈起怒吼的狮子像十三岁女孩
谈起她那些小狗那样地随便！
哪个炮手生下这强壮的家伙？
他说话简直是放炮、冒烟、隆隆响，
他鼓起他的舌头当棍子来打人；
我们的耳朵挨打了——他说的每个字
都比法国人打的拳头更厉害。
天晓得！从我把阿弟的阿爸叫作爹
到如今，我还没被人用言语痛打过。

艾　利　诺　（向约翰王，稍声）
我儿，听从这建议，成全这亲事，
给我的外孙女一份丰厚的嫁妆，
凭着这联姻的纽带你一定可以
把你那还不稳固的王冠系牢，
让那个嫩小子得不到阳光的照射，
开不了花儿，结不了丰硕的果实。

我见到法王脸上有赞同的意思，
注意他们在交头接耳。趁他们
心思松动的时候促一促他们，
否则那一份责任感[①]，刚刚为软语、
哀求、同情和愧悔所感化了的，
会冷冻起来，变得跟过去一样。

休 伯 特 二位陛下为什么不回答我们这
受困的城市提出的友好建议？

腓 力 王 英王先说吧，他已经抢先对着
这个城市说话了。你说什么呢？

约 翰 王 假如那太子，尊贵的令郎，能够从
这本美的书卷上读出“我爱”，
小姐的嫁妆就可以跟王后匹敌；
安茹、美丽的图赖讷、曼恩、普瓦蒂，
以及在大海这边的全部领土
（除了我们现在正围攻的这座城），
臣属于朕的王冠和尊严的一切，
都拿去装饰她的新婚的喜床，
使她在头衔、尊荣、品级上跟她
在美貌、教养、血统上同样富有，
可以跟世界上任何公主相媲美。

---

① 责任感，指法王腓力对亚瑟争取当英王一事的态度。

腓　力　王　你有话说吗，孩子？看小姐的面孔。

路　　　易　我在看，父王，在她的眼睛里我发现
一件奇事，或者说，一个奇迹，
在她的秋波里荡漾着我的面影，
那只是您的儿子的影子，却变成了
太阳，使您的儿子成了个影子。
我声明，我从未爱过我自己，直到
今天我看见自己在她的眼睛里
被画成一幅令人喜爱的肖像。
（与布兰琪耳语）

私　生　子　（旁白）
被绑在她眼里令人喜爱的囚车里！①
被吊在她那皱着眉头的额前！
被肢解在她的心中！他这才知悉
自己是爱的叛逆者。真正的可怜，
绑了，吊了，肢解了，②这样的情郎
原来竟是个蠢汉，多么肮脏！

布　兰　琪　我舅舅的意志就是我的意志，

---

① 此行原文与上一行"（今天我看见自己）在她的眼睛里（被画成一幅令人喜爱的肖像）"全同。双关语难以译出。

② 绑（描画，开膛），吊（悬挂），肢解（供住宿）等词，原文语义双关，甚至三关，难以译出。此处涉及对叛国者的处决法：处绞刑，断气前从刑架上放下，开膛，肢解成四块。

假如我舅舅从你的身上看到
一种能够引他喜爱的东西，
我也会把它转化为我的所爱，
或者，说得更恰切些，我将毫不
犹豫地强迫自己去喜爱那东西。
殿下，我不愿更多地奉承您，说我
见到的您的一切都值得我爱，
我只能这样说一句：即使带着
勉强的情绪来评判，在您的身上
也无法找到任何可憎的东西。

约翰王　俩孩子说什么？你咋说，我的外甥女？

布兰琪　我的本分就是荣幸地接受
您的恩宠，听从您明智的嘱咐。

约翰王　那么，法国太子，你爱这小姐吗？

路易　不，您应该问我能不能不爱她，
因为我爱她，爱得非常真挚。

约翰王　那么我就把伏克森、图赖讷、曼恩、
普瓦蒂、安茹，这五个省份的土地，
连同她，一起送给你，另外加赠
英国现大洋，十足的三万马克[①]，
法王腓力，如果您愿意的话，

① 马克为英国古币名。三万马克折合两万英镑。一马克折合十三先令四便士。

那就命令您一双儿女握手吧。

腓　力　王　朕愿意。太子和年轻的郡主，握手吧。

奥地利公爵　还要亲亲嘴巴呢，我记得很清楚，

我订婚的时候就这样干过，不含糊。

腓　力　王　现在，昂吉尔市民们，打开城门吧，

你们促成了和睦，那就让和睦的

双方进城吧，因为在圣玛丽教堂里

他们的婚礼将立即隆重地举行。

康斯坦丝夫人是不是也在这里？

朕知道她不在，因为假如她在，

她一定会竭力阻挠这桩婚事。

她和她儿子在哪里？谁知道，告诉我。

路　　　易　在陛下的营帐里，她悲伤，情绪坏透了。

腓　力　王　说实在的，朕所缔结的这个联盟

是不大可能医治她的悲伤的。

英王老弟，咱们怎样来抚慰

这位寡妇呢？咱们来这里原是

为了她，天晓得，为了自己的利益，

咱们拐弯了。

约　翰　王　朕能把一切医治好，

朕要封少年亚瑟为布列塔尼公爵

兼里士满伯爵，再让他占有这美丽、

富庶的城市。有请康斯坦丝夫人，
派一名飞快的使者前去邀请她
来参加这儿的婚礼。朕相信，我们
固然不能够满足她全部的要求，
却也可以使她感到一定的满足，
从而制止她进行激烈的责难。
咱们走吧，让咱们赶快去主办
这出人意料、未及准备的盛典。

【除私生子外，均下。市民们从城墙上退下】

私　生　子　疯世界！疯了的国王！疯狂的和解！
约翰王为阻止亚瑟得到他的
全部权利，宁肯放弃一部分；
而法王，受良心驱策而披挂上阵，
让急公好义之心送他到战场，
像上帝的战士，但是在耳边吹风的
正是那勾引人变心的狡狯恶魔，
那专门破坏信誉的掮客，那没有
一天不背盟的歹徒，他蛊惑一切人，
国王、叫花子、老人、青年，都欺骗，
可怜的处女除了“处女”的名声外
没别的东西，他把这名声也骗走；

他就是笑面虎绅士，媚人的“利欲”；
“利欲”，使世界离开正道的“偏重心”——
这个世界本来是不偏不倚的，
它在平坦的地面上向前滚动，
可是这私利，这诱人作恶的“偏重心”，
这操纵运行方向的黑手，这“利欲”，
叫世界摆脱正道，一头冲向前，
甩掉了引导、目标、航向、意图——
就是这个“偏重心”，这个“利欲”，
这老鸨，这掮客，这动摇一切的名词，
来到了这反复无常的法王眼前，
使他放弃了他扶助幼弱的决心，
从一场坚信必胜的光荣战争
转向卑鄙龌龊的罪恶的和平。
为什么我要怒叱这个“利欲”呢？
只因为他还没有向我求爱过。
并不是他的金币向我的手掌
招引时，我有紧握拳头的毅力，
只因为我的手还没经受过诱惑，
就像个穷乞丐，对富户敢破口大骂。
好吧，做一天叫花子骂一天街吧，
我要说，除了富有，无所谓罪恶，

一朝有了钱，我的德性就会是

宣称世界上唯一的罪恶是行乞，

国王们为了“利欲”都忘恩负义，

利啊，做我的主子吧，我非常崇拜你！

【下】

第三幕

第一景　法王宫中亭榭

【康斯坦丝、亚瑟、索尔兹伯利上】

康斯坦丝　他们去举行婚礼啦？去宣誓和解啦？
孬种跟孬种的联合！做朋友去啦？
路易得到了布兰琪？布兰琪得到了
这些省？不会的，你一定说错了，听错了；
再仔细想想，把事情重新说一遍。
这事儿不可能，这只是你的说法。
确实地，我不能相信你，因为你的话
仅仅是一个庸人的无稽之谈。
相信我，朋友，我不相信你，我有着
国王的誓言，跟你说的正相反。
你这样吓唬我，应该受到惩罚，

因为我身上有病，经不起恐吓呀，
我受尽欺侮，心里充满着畏惧，
一个寡妇，没丈夫，动不动就害怕，
一个女人，生下来就战战兢兢；
即便你承认刚才你只是开玩笑，
我仍然内心惶惑，得不到安宁，
只会整天地发抖，六神无主啊。
你这样摇晃着脑袋是什么意思？
为什么你这样忧愁地看着我儿子？
你用手摸着胸口是什么意思？
为什么你眼里满含着悲伤的眼泪，
像一条涨水的河流泛滥到岸上？
悲哀的样子能证明你的话属实吗？
请再说一说，不用重复那事实，
只用一个字，你说的是真还是假。

索尔兹伯利　是真的，像你想他们是假的一样，[①]
他们用行动证明我讲的是真的。

康斯坦丝　啊，你与其教我相信这悲剧，
不如教这种悲痛把我杀死吧；
让我的信念和生命狭路相逢，
像两个好勇斗狠的亡命之徒，

① 他们，指法王腓力及其臣属。他们是假的（虚伪的），这件事是真的。

在孤注一掷的搏斗中倒下，死去。
路易娶布兰琪？喔，孩子，那你的地位呢？
法王跟英王和解了，那我该怎么办？
你这个家伙，去吧！我不愿见到你，
这消息使你变成了最丑的一个人。

索尔兹伯利　我只是说了别人的罪恶，好夫人，
难道我也干了罪恶的事情吗？

康 斯 坦 丝　这件事本身是如此地十恶不赦，
谁要是说起这件事，谁就是犯罪。

亚　　　瑟　我求您，妈妈，要心平气和点儿。

康 斯 坦 丝　你叫我心平气和？假如你长得
恶形恶状，教你妈脸上无光，
浑身是讨厌的斑点、难看的疤痕，
瘸腿、呆傻、驼背、黧黑，像怪物，
长满了可恶的黑痣、刺眼的胎记，
我都不介意，我就会心平气和，
因为我也就不会爱你了，你也
配不上你的出身，也不配戴王冠。
但是你长得俊，孩子，你出世的时候，
造化和命运合作，促使你伟大。
你骄傲于你有造化的恩赐，美如
百合和半开的玫瑰。但是啊，“命运”

受了贿，变了心，被赚了，把你甩了；
她时刻跟你的叔叔约翰勾搭，
又用她金色的手臂去引诱法王，
竟让他践踏君主至高的尊严，
屈身俯就，去替他们拉皮条。
法王是撮合“命运”和约翰的淫媒，
那个烂婊子“命运”，篡位者约翰！
告诉我，你这个家伙，法王毁约了？
用恶语咒骂他，不然，你给我走开，
把这些悲痛留下吧，让我单独
一个人来承担。

索尔兹伯利　请您原谅我，夫人，
没有您，我没法回报两位王上啊。

康斯坦丝　你能回，必须回，我不愿跟你回去。
我要教我的哀愁骄傲起来，
因为哀愁是骄傲的，能压服哀愁者。
让两位国王来集合，看我和我的
巨大的哀愁，因为我这份哀愁
太沉重，只有广袤坚实的大地
才能承受它。
（坐到地上）我和哀愁坐这儿，
这儿是我的宝座，叫国王来叩拜。

【约翰王、法王腓力、太子路易、布兰琪、

艾利诺太后、私生子菲利普、奥地利公爵及侍从上】

腓　力　王　是真的，好媳妇，今天这美好的日子

在法国将永远成为欢乐的节日。

为了庆祝这一天，灿烂的太阳

在中途停步，当起炼金术士来，

用他那宝贵的眼睛射出的光芒

把瘠薄的土壤变成了晶亮的黄金。

岁月运行，今后每年的这一天

永远是值得纪念的吉日良辰。

康斯坦丝　（站起来）

主凶的日子，决不是吉日良辰！

这一天立了什么功？干了什么事，

值得在日历上用金色大字标明，

同一年四季的重要节日并列？

不，宁可把这天从一周中排除，

这个耻辱、害人、背信的日子！

如果必须保留，那就让孕妇们

祈祷不要在这一天临盆生孩子，

免得生出个怪胎而陷于绝望；

除了这一天，海员们不用怕沉船；

做生意不在这一天便不会亏本：

在这天做任何事情都没好结果，
是的，连忠诚也会转变成欺骗！

腓　力　王　哎呀老天爷！夫人，你没有理由
来诅咒今天这无比美好的安排。
朕没以国王的尊严向你保证吗？

康斯坦丝　你用刻上国王头像的假金币
坑了我，只要用试金石一试，便证明
不值分文。你已经毁了约，毁了约！
你领兵前来是为了叫敌人流血，
你却用自己的血肉增强了敌人。
那横眉怒目、叱咤风云的战争
在粉饰太平的联合下偃旗息鼓了；
我们的受难促成了你们的结盟。
拿起刀，天神们，向背信的国王复仇！
寡妇在呼吁，天神们，替我做主啊！
不要让这个亵渎神明的日子
平平安安地耗过去；在日落以前，
叫两个背信的国王再大动干戈！
听我的，听我的！

奥地利公爵　康斯坦丝夫人，安静！

康斯坦丝　战，战！没和平！对于我，和平即战争。
啊，奥地利的李摩士！你羞辱了带血的

战利品[1]。你这个奴才、坏蛋、懦夫！
作战胆小、作孽胆大的歹徒！
你永远趋炎附势、恃强凌弱！
你呀，“命运”的卫士，却从不作战，
除非那随心所欲的女神[2]在旁边
教给你怎样苟安！你也背信了，
你溜须拍马了！你是个十足的傻瓜，
虚张声势的傻瓜，为了支持我，
你吹牛，跺脚，赌咒！冷血的奴才，
你曾否为了我而雷鸣般大声疾呼？
发誓做我的走卒？嘱咐我信赖
你的星象、你的命运和力量？
现在你竟然投向了我的仇人？
你还披着狮子皮！没羞，脱下吧，
在你这奸徒身上披一张小牛皮吧。

奥地利公爵　啊，但愿是男子对我说这话！

私　生　子　在你这奸徒身上披一张小牛皮吧。

奥地利公爵　你敢这样说，是不要命了！坏蛋！

私　生　子　在你这奸徒身上披一张小牛皮吧。

约　翰　王　我不喜欢你这样，你忘乎所以了。

---

① 战利品指理查一世（狮心王）的狮子皮，奥地利公爵拿来穿在身上。

② 女神指古典神话中的命运女神福耳图娜。

【潘杜夫主教上】

腓　力　王　教皇的神圣使节到这儿来了。

潘　杜　夫　二位受命于天的国君！有礼了。

约翰王，我向你宣布我神圣的使命：

本人乃米兰的红衣主教潘杜夫，

奉教皇英诺森之命出使到此，

以他的名义，向你严正地质问：

为什么你敢任性地踢开教会——

我们的圣母？为什么用强制手段

反对被选为坎特伯雷大主教的

斯蒂芬·朗顿担任该项圣职？

对此事，我以上述教皇英诺森——

我们圣父的名义，向你质问。①

① 按史实，1205年英国坎持伯雷大主教瓦尔特死，约翰王授意坎特伯雷神职人员选出诺里奇主教德格雷继任。但该神职人员事先已选出修道院副院长雷金纳德为大主教。二人争执不下，诉之于罗马。教皇英诺森三世将二人均予撤销，命前来的神职人员另行选出斯蒂芬·朗顿为大主教。约翰王拒绝朗顿就职，于是引发了英王与教皇之间一场长期的争吵。1212年，教皇颁诏书将约翰革出教门并废黜其英王王位。1213年，约翰被迫同意英国臣属于罗马教皇并保证每年向教皇纳贡，于是结束争端。约翰王因敢于向罗马挑战而被英国伊丽莎白一世女王时代的多数诗人们视为基督教新教的英雄。在这场戏里，历史上的时间顺序被打乱了。按史实，路易太子与布兰琪郡主订婚于1200年，潘杜夫代表教皇谴责约翰王于1211年。这里被处理成几乎同时发生。

约　翰　王　哪个尘世的姓氏敢迫使不受
约束的神圣国君来回答质问？
红衣主教！你不能编造出一个
像教皇那样渺小、无聊、可笑的
名义，靠它来迫使朕回答质问。
就把这意思告诉他，再加上一句
英王亲口说的话：意大利长老[①]
不得在朕的领土上抽捐征税；
在上帝庇护下，朕乃是人间的至尊，
在朕所统治的地区内，朕将
独立维护朕至高无上的威权，
不需要凡夫俗子的手臂来帮助。
就这样告诉教皇；对他和他所
窃取的权力，朕已经不予尊重了。

腓　力　王　英王老弟，你说这话太不敬了。

约　翰　王　尽管你和所有信基督的国君们
害怕那可用金钱解禁的诅咒，
愿受这爱管闲事的长老的驱遣；
想利用下贱的黄金、废渣、垃圾，
去贿赂一个人，买得赦罪的证书

① 长老指教皇英诺森。

（此人是卖掉了自己被赦罪的证书）；[①]
尽管你和其他被驱遣的国君们
不惜靠纳税来维护这骗人的巫术，
但是，朕依然我行我索抗教皇，
把他的朋友也当作我的敌人。

潘　杜　夫　那么，根据我掌握的合法权力，
你必将受到诅咒，被革出教门；
无论谁曾经拥戴过叛教者，只要
改邪归正，将受到上帝的赐福；
无论谁，能用任何秘密的手段
取去你这可憎的生命，都将被
称为有功，死后都被封为圣徒，
受人崇拜。

康斯坦丝　啊，让法律准许我
跟随罗马一起来诅咒片刻吧！
仁慈的神父，主教！我厉声诅咒后，
请高叫“阿门”；因为，若不知我怎样
受委屈，就无力对他充分地诅咒。

潘　杜　夫　夫人，我的诅咒有法律授权。

康斯坦丝　我也有：法律若不能主持正义，

① 此句原文有两种解释：一、教皇自己出卖赦罪书，与上帝无关；二、教皇卖掉了自己的赦罪书，即他自己的罪永不可赦。译文从第二种解释。

至少也不该禁止人家鸣不平；
法律不能把王国给我的孩子，
恰恰因为窃国者就是执法者；
既然法律本身是颠倒的黑白，
它又怎么能禁止我张口诅咒？

潘杜夫　法王腓力，你如果想免遭诅咒，
就应该放开那叛教元凶的手，
调动法国的军队来讨伐此人，
除非他亲自向罗马教皇乞降。

艾利诺　法王，你脸色变了？别放开你的手。

康斯坦丝　小心点，魔鬼！否则法王翻悔了，
收回他的手，地狱里就少了一个鬼。

奥地利公爵　法王腓力，听红衣主教的话吧。

私生子　在他这奸徒身上披一张小牛皮吧。

奥地利公爵　好啊，恶棍！我必须忍受侮辱，
因为——

私生子　你的裤子受侮辱最合适。①

约翰王　腓力，你对这位主教说什么？

康斯坦丝　除了听从主教外，他能说什么？

路易　父王，您想想，我们所要衡量的

① 一种解释认为，“裤子受侮辱”指被打屁股。

是要么从罗马受到严重的责难，

要么轻微地失去英国的友谊；

该抛弃轻的。

布　兰　琪　罗马的责难比较轻。

康斯坦丝　喔，路易，拿定主意！魔鬼正扮作

飘动长发的新娘在诱惑你呢。

布　兰　琪　康斯坦丝夫人说话不听从良知，

而根据私欲。

康斯坦丝　人家昧了良知，

我才有私欲，如果你承认这一点，

那就必然推断出这样的结论：

私欲的消亡必导致良知的复活。

踏倒我的私欲吧，良知会重振；

私欲得维持，良知就被踏、倒地！

约　翰　王　国王心动了，对这事没作回答。

康斯坦丝　哦，离开他，好好地做出回答。

奥地利公爵　就这样做吧，腓力王，别再犹豫了。

私　生　子　披上一张小牛皮吧，可爱的笨蛋！

腓　力　王　我感到慌乱，不知道该说什么。

潘　杜　夫　你要是被革出教门，受到诅咒，

那除了更加慌乱外，你还能说什么？

腓　力　王　尊敬的神父，假如你处在我的
位置上，告诉我，你将做什么打算。
我们的手刚刚紧握在一起，
我们内心里相互接近的灵魂，
凭神圣誓言产生的庄严力量，
已经联合，结成了牢固的同盟。
我们最近说的话，是关于我们
两国和我们两位国王之间的
信誓、和平、和睦、真诚的友谊，
在这次停战议和成立前不久，
也就是在我们二人洗手鼓掌、
庆贺两国间实现和平前不久，
天晓得！我手上被战争的画笔涂满了
血色——凶神在我这手上画出了
两国王怒气冲天地争斗的模样——
难道这双手，刚刚洗净了鲜血，
言归于好，斗得狠，相爱得也猛，
现在能松开，能取消友好的联合吗？
信誓旦旦是儿戏？跟上天开玩笑？
把自己变成拿不定主意的小孩，
从而急忙把握着的手抽回来，

背信弃义，就在联姻的洞房里，
和平的微笑中，操起血腥的干戈？
在推心置腹的忠诚面容上再来
一场大暴乱？啊，圣洁的长者，
尊敬的神父，我希望不要这样！
请您以仁慈为怀，重新发布
温和的命令，我们就可以愉快地
服从安排，维持我们的友谊。

潘　社　夫　除非你跟英格兰割断友谊，
任何新的命令都不会发布。
拿起武器来，为我们的教会而战！
否则就让教会，我们的母亲，
发出诅咒，咒她的忤逆的儿子。
法王，你宁可握着毒蛇的舌头，
握着笼子里狮子的致命的爪子，
握着饥饿的老虎的牙齿，也不要
继续温和地握着这个人的手。

腓　力　王　我可以放开手，但誓约不变。

潘　杜　夫　你为了忠信反而与忠信为敌，
好比叫誓言跟誓言自相残杀，
你的话对抗你的话。啊，你首先
对上天立了誓，就该首先对上天

履行誓言：为我们的教会而战！
你后来的誓言违反了你的本意，
这个誓言你不必躬行实践，
发誓要做的如果是一件错事，
改为正确地去做便不算错误；
假如做一件事情会导向犯罪，
那么不去做便是做得最正确；
假如前进的目标是错的，倒不如
再认错目标，虽然拐了个弯子，
却经过绕道而走上了康庄大道；
有道是以毒攻毒，正如火疗法
能冷却灼伤的脉管里如火的热气。
履行誓言凭的是宗教的虔诚，
可是你立的誓言背叛了宗教，
后来的誓言违反了原先的誓言，
你后来发誓，保证要矢忠于反对
原先的誓言；后一个誓言你发得
理不直气不壮，只表示不背信罢了。
假如要背信，发誓岂不是儿戏！
但是你确实发誓要背弃前誓，
你越是守信，便越是背信弃义；
这样地前后抵触，自相矛盾，

说明你正是自己背叛了自己；
现在你能够取得的最大胜利
就是振奋你纯真高尚的情操，
去剿灭那些轻狂虚妄的诱惑；
只要你答应这样做，我们就将
用祈祷作你的后盾。不然的话，
要知道，我们的诅咒必将重重地
降到你头上，使得你无法摆脱，
叫你在黑暗的重压下绝望而死去。

奥地利公爵　反叛！纯粹的反叛！

私　生　子　束手无策吗？
一张小牛皮还不能堵住你的嘴？

路　　　易　父王，打吧！

布　兰　琪　在你结婚的好日子？
跟你刚刚联姻的亲戚打仗吗？
怎么，喜筵上要摆满士兵的尸体吗？
刺耳的军号，喧闹的战鼓，这些
地狱的叫嚣，将为婚礼奏乐吗？
夫君啊，听我说。哎，我嘴里说的
一声“夫君”是多么新鲜！以前
我嘴里还没发出过这一声称呼，

我向你跪下求情，请不要发兵
打我的舅舅。

康斯坦丝　哦，我向您跪下，
我的膝盖跪僵了，我向您恳求，
贤明的太子殿下，请不要改变
上天预定的命运。①

布　兰　琪　我看清你的爱情了。什么力量
比起妻子的名义来更能推动你？

康斯坦丝　荣誉！你靠的是丈夫，他靠的是荣誉：
你的荣誉啊，路易，你的荣誉！

路　　易　我奇怪，父王陛下，事情正逼着您
做出决定，可您还如此冷静。

潘　杜　夫　我要召唤诅咒降到他头上。

腓　力　王　您不用费力了。英王，我跟你断交了。

康斯坦丝　啊，好啊，失去的尊严回来了！

艾　利　诺　可恶的背叛啊，反复无常的法国佬！

约　翰　王　法王，顷刻之间你就会后悔。

私　生　子　钟表匠，秃头掘墓者，时间老人啊！
他决定一切吗？好吧，法王会后悔的。

布　兰　琪　血光遮住了阳光；美好的白天，

---

① 此行原文为二音步半。

再见了！我应该跟着哪一边走呢？

我属于双方，一边拉着我一只手，

我跟两军握着手，他们一反目，

便猛地决裂，把我肢解成两半。

夫君，我不能为你的胜利祈祷；

舅舅，我只好祈祷希望你失败；

公公，我不能指望你得到幸福；

外婆，我也不希望你称心如意：

不论谁胜利，对于我都是损失；

决战没开始，我已经注定失败。

路　　易　爱妻，跟我来，把命运托在我身上。

布 兰 琪　我托付命运的地方是我的死地。

约 翰 王　侄儿，你快去集合我们的人马。

【私生子下】

法王，我心头燃烧着愤怒的烈火，

狂怒的烈焰，达到炽热的程度，

什么也不能平息它，除了鲜血，

鲜血，法国人最可宝贵的鲜血！

腓 力 王　你的怒火会把你烧成灰烬，

不用等我们的鲜血去把它浇灭。

当心点，你的处境岌岌可危啊。

约 翰 王 恫吓者更危险。拿起武器来，上马！

【同下】

第二景　法国，昂吉尔附近平原

【喇叭鸣响，双方出阵交战。
私生子上，手持奥地利公爵首级】

私　生　子　乖乖隆底咚，今天天气热煞人！
准定是空中的妖精在飞舞，对我们
恶作剧。奥地利公爵的头在这儿，
腓力王刚松了口气。①

【约翰王、亚瑟、休伯特上】

约　翰　王　休伯特，管住这孩子。菲利普，快去，
我母亲在我的营帐里遭到袭击，
恐怕被俘了。

私　生　子　陛下，我已经把太后
救出来，您不用担心，她平安无事了。
陛下，让我们再付出一点辛劳，
这一场苦战就可以功德圆满了。

【同下】

---

① 此行原文为两音步。

第三景　同　前

【喇叭鸣响，双方交战，鸣喇叭收兵。约翰王、艾利诺太后、亚瑟、私生子菲利普、休伯特、群臣上】

约　翰　王　（对艾利诺）

那就这样吧；恭请母后留守，

让强兵保卫您。

（对亚瑟）侄儿，别垂头丧气，

你的奶奶疼爱你，你的叔叔

对待你会像你的爸爸一样亲。

亚　　　瑟　啊，我妈妈一定会悲痛得死去。

约　翰　王　（对私生子）

侄儿，快到英国去！你走在头里，

先去把修道院刮皮院长的钱袋

倒一倒，把那些囚在里面的天使们[①]

放出来。和平时期养肥的肋条肉

这时候该拿来喂一喂饥饿的一群。

朕的口谕，你必须全力执行。

① 十先令的金币上铸有大天使的形象。

私　生　子　当金子银子向我招手时，铃铎、

《圣经》、蜡烛也没法把我赶回去。[①]

陛下，我向您告辞。太后，只要我

没忘记我应该侍奉上帝，我就

为您的平安祈祷；我吻您的手。

艾　利　诺　再见，亲爱的孙儿。

约　翰　王　侄儿，再见。

【私生子下】

艾　利　诺　到这儿来吧，小孙孙，听我一句话。

【带亚瑟到一旁】

约　翰　王　这儿来，休伯特，啊，亲爱的休伯特，

你给我帮助很多！在我的内心里，

有一个灵魂把你看作是债主。

要连本带利地回报你的盛情；

我的好朋友，你发自肺腑的誓言，

我极为珍视，把它铭记在心里。

把手给我。我有一件事要说，

不过，等到适当的时候再说吧。

天哪，休伯特，我有点不好意思

---

① 铃铎等物是教会在革出教门的宗教仪式上使用的东西。

说我对你有着怎样的好感。

休　伯　特　陛下，我对您充满了感激之情。

约　翰　王　好朋友，你现在还没有理由这样说，
但将来可以；不管时间多缓慢，
总有一天我会给你好处的。
我有一件事要说，不过，算了。
红日高照在天空，骄傲的白昼
享受着世界上多少赏心乐事，
逗弄着多少玩意儿，游兴正酣，
不会来听我说。假如午夜的洪钟
用它铁铸的舌头、铜制的嘴巴
把阵阵巨鸣送入昏睡的夜空；
假如我们的立足地是一片坟场，
而你的心里却埋藏着一千种冤屈，
或者，假如那阴沉乖戾的忧郁
烘烤了你的血液，使它凝结，
不再在脉管里哗哗地来去流动，
使人们眼睛里充满了弄臣的傻笑，
让人们脸上强露出盲目的喜悦——
（这实在是使我感到讨厌的情绪）
或者，假如你不用眼睛而看见我，
不用耳朵而听见我说话，不用

舌头而跟我对答，单单凭悟性，
而不用眼睛、耳朵、有害的字音——
那么，怕什么在光天化日之下，
我要把心事推心置腹地告诉你。
不过，不说了！我还是挺爱你的，
说实话，我认为你也是挺爱我的。

休　伯　特　是这样，无论您嘱咐我干什么事情，
哪怕您要我牺牲生命，老天爷，
我万死不辞。

约　翰　王　我难道不知道你会吗?
好休伯特，休伯特，休伯特，用眼睛瞧瞧
那年轻的男孩。我对你说了吧，朋友，
他是我前进道上的一条毒蛇，
我的这只脚无论走到哪里，
他总是横在我面前。这意思你懂吗?
你是他的监护人。

休　伯　特　我遵命监护他，
使他决不再冒犯陛下。

约　翰　王　死。

休　伯　特　陛下?

约　翰　王　一座坟。

休　伯　特　他一定活不成。

约　翰　王　行了。

我现在可以高兴了。休伯特，我爱你。

不过我不说我会给你怎样的赏赐。

千万别忘了我的话。母后，再见吧，

我会派一支军队去给您使用。

艾　利　诺　祝你永远有好运！

约　翰　王　到英国去，侄儿。①

休伯特做你的侍从，他一定会赤胆

忠心地伺侯你。传令向加来进发！

【同下】

① 按史实，亚瑟没有被送回英国。1202年，15岁的亚瑟在米尔博被俘之后，约翰王曾想从法国人手中争取亚瑟。亚瑟（不是如莎士比亚笔下的驯服的孩子）傲慢地要求得到英国王冠并得到理查一世临终时所拥有的一切其他土地和财产。约翰王大为恼火，下令将亚瑟下狱，先在法莱斯，后在罗昂。1203年，亚瑟在鲁昂被谋害。

第四景　法国，法王宫中亭榭

【法王腓力、太子路易、潘杜夫、侍从等上】

腓 力 王　就这样，海上刮起了一阵风暴，
我们的舰只受损伤，整个舰队
被吹得七零八落，四散溃逃。

潘 杜 夫　别灰心，要有信心！情况会好转。

腓 力 王　我们狼狈到这样，还怎么好转呢？
我们不是打败了？失去了昂吉尔？
亚瑟没被俘？多少好朋友没被杀？
难道凶残的英王没冲破我们的
拦截，回到了英国，藐视了法国？

路　　易　他对攻占的土地都加强了防守。
如此周密的部署，神速的用兵，
在如此激烈的战争中指挥若定，
可说是史无前例的。谁曾读到过
或听说过与此类似的作战方式？

腓 力 王　我可以容忍英王受到了称赞，
只要能找到我们受羞辱的先例。

【康斯坦丝上】

腓 力 王　瞧，谁来了！一座坟，关着个灵魂，
她尽管痛不欲生，却仍把永生的
心灵挽留在痛苦喘息的监狱里。
有请了，夫人，请跟我一起走吧。

康斯坦丝　现在看吧！看你们议和的结果。

腓 力 王　忍耐些，好夫人。放宽心，亲爱的康斯坦丝！

康斯坦丝　不，我拒绝一切劝告和安慰，
除了那终止一切劝告的真安慰：
死亡，死亡。可亲可爱的死亡啊！
你这芳香的恶臭！健康的腐败！
快从那漫漫长夜的卧榻上起来吧，
你这幸运儿憎恶和害怕的对象！
我想吻一吻你那狰狞的骨骼，
把我的眼珠镶进你空洞的眼眶里，
用你同穴的蛆虫做我的戒指，
让粪土堵住我透气的豁口，使我
变成个腐朽的怪物，像你一样。
来对我狞笑吧，我会看作是微笑，
我会像妻子般吻你。受苦人的情人，
到我这儿来！

腓　力　王　好心的受苦人，安静！

康斯坦丝　不不，我偏不，我还有口气，我就喊。

但愿我舌头长在雷公嘴巴里！

我可以用一声狂吼震撼世界，

把那狰狞的“骷髅”从沉睡中唤醒，

叫它听一听一个妇人的哀诉，

不要再漠视普通人对它的召唤。

潘　杜　夫　夫人，你倾吐的是疯狂，不是悲苦。

康斯坦丝　你竟然这样冤枉我，还算是神父！

我没疯。我扯的头发是我的头发，

我名叫康斯坦丝，我是杰弗里的妻子，

少年亚瑟是我的儿子，他失踪了。

我没疯，但愿老天爷让我疯了吧！

我要是疯了就可以忘了我自己，

啊，就可以忘了巨大的悲痛！

给我讲一点玄妙的道理，让我疯，

你就会被当作圣徒来崇奉，主教！

因为我没疯，我就能感受悲痛，

我的理智会进行推理，告诉我

怎样使自己摆脱掉这些苦恼，

那就是叫我自杀，叫我上吊。

要是我疯了，我就会忘了我儿子，

或者傻瓜般把他当成个布娃娃。
我没疯，每一种灾祸的不同的痛苦
我是感受得实在太清楚太清楚了。

腓 力 王　把头发扎起来。她这些美丽、浓密的
头发里，啊，我见到怎样的爱心啊！
偶而有一滴银液[1]落到这头发上，
一万根友爱的发丝就会靠银液
黏结到一起，满含着悲哀的同情，
就像忠贞的爱侣们，难舍难分，
遇到了灾难就紧紧地抱成一团。

康斯坦丝　到英国去，要是你愿意。

腓 力 王　把头发扎起来。

康斯坦丝　是的，我会扎；为什么我要这样做？
我曾经把头发解开，我大声叫喊：
“我希望我的手能解救我的儿子，
就像这双手解放这头发一样！”
但现在我嫉妒头发得到了自由，
我愿意把头发重新捆扎起来，
因为我可怜的儿子已成为囚徒。
红衣主教，我听你说过，我们会
在天国见到、认出我们的亲友。

---

① 银液，指眼泪。

如果真这样，我就会跟儿子重逢；
自从第一个男孩该隐诞生起，[1]
直到在昨天出世的婴儿为止，
还不曾有过这样出色的孩子。
如今忧伤蚕食着我的嫩蕊，
从他的脸上赶走了天然的美貌，
他将会两眼凹陷，像一个幽灵，
又黑又瘦，像一个打摆子病人，
他将会这样子死去，这样子升天，
当我在天国里和他重逢的时候，
我将认不出他来，因而我永远、
永远见不到我的可爱的亚瑟了！

潘　杜　夫　你把不幸的事情看得太严重了。

康斯坦丝　他没有儿子才这样对我说话。

腓　力　王　你喜爱忧伤像喜爱儿子一样。

康斯坦丝　忧伤充满在我的亡儿的房间里，
躺在他床上，陪着我来回踱步，
扮作他可爱的模样，说着他的话，
叫我想起他优美的千姿百态。
用他的形体来充实他留下的衣服，
那么，我又怎么能不喜爱忧伤呢？

---

① 据《圣经·创世记》，该隐为亚当与夏娃之长子。

再见！假如你遭受我这样的损失，
我会安慰你，做得比你更好些。
我的脑子里是一片混乱，所以
我不愿把我的头发整齐地扎起来。
（扯她的头发）
上帝啊！我的亚瑟，儿子，好儿子！
我的生命，欢乐，粮食，我的全世界！
我寡居岁月的慰藉，销愁的仙丹！

【下】

腓　力　王　我怕会发生意外，我要跟着她。

【下】

路　　　易　这世上没有东西能使我快乐：
生命像讲了又讲的故事，在耳边
喋喋不休，真乏味，叫人打瞌睡；
痛苦的耻辱损坏了颂赞的美味，
除了耻辱和痛苦，什么也没有。

潘　杜　夫　就在这一场重病痊愈之前，
甚至在好转和恢复健康的时候，
病情最险恶；即将离去的灾难，
在临行告别的时刻，闹得最凶。

你们今天打败了，失去了什么？

路　　易　所有的光荣、欢乐和幸福的日子。

潘 杜 夫　你们打胜了也会有这些损失。

不，命运想给人一点儿好处，

就会用威吓的目光去注视人们。

真难以想象，约翰王自以为这一仗

他旗开得胜，其实他损失挺大。

亚瑟被他俘获了，你们不伤心吗？

路　　易　真伤心，像他捉了他真开心一样。

潘 杜 夫　你头脑跟你的气血一样年幼。

现在，听我以先知的精神说话；

我所要讲的话语一出口，那音波

会刮走一切尘埃、麦秆、小石头，

扫清大道，让它通畅地引导你

登上英王的宝座。所以，你听着：

约翰捉住了亚瑟；温暖的生命

还在那娃娃的脉管里奔流，篡位的

约翰不可能有一时半刻的安宁，

不，喘口气歇一下也不可能啊。

依靠非法的手腕窃取的君权

必须依仗同样的暴力来维持；

一个人站在光滑的斜坡上，会抓住

任何枯木朽株，以免跌下去。
约翰要站稳，亚瑟就必须跌下去：
让它这样吧，因为不可能不这样。

路　　易　亚瑟跌下去，对我有什么好处？

潘 杜 夫　靠妻子布兰琪郡主的地位，你可以
要求亚瑟所要求的一切权利。

路　　易　再丢掉那权利、生命和一切，像亚瑟。

潘 杜 夫　这世界多老辣，而你呢，年幼无知！
约翰在为你筹划，你会有机会，
他为了稳坐江山而喋血宫廷，
将发现他的江山坐不稳，会流血。
这一件荒唐的罪行会使全国的
老百姓寒心，冷却他们的热情，
老百姓会抓住任何小小的机会，
乘势站出来，抗击约翰的统治；
即便是划过长空的流星运动，
天上的异象，狂风暴雨的日子，
普通的和风，习以为常的小事，
老百姓也要排除自然的起因，
把这些现象看作恶兆和凶象、
灾变的预示、上帝下达的口谕，
明确地号召对约翰进行惩处。

路　　易　也许他不会伤害亚瑟的性命，

只要把他关起来就以为安全了。

潘 杜 夫　殿下，一旦他听见你兵临城下，

假如年轻的亚瑟还留在人间，

这消息会使他一命呜呼，全国的

老百姓群情激愤，民心尽失，

人民会欢迎陌生的改朝换代，

会从约翰血手的指尖上找到

愤怒反抗和叛变的有力根据。

我感到这场动乱已迫在眉睫；

啊，还有比我的预料对于你

更有利的事情吗？私生子福康布立奇

这时候正在英格兰洗劫教堂，

冒犯上帝的仁爱。只要有十来个

法国人去那里，便是个诱饵，

会吸引上万个英国人来归顺他们，

或者像个小雪球，一滚再滚，

就变成一座雪山。尊贵的太子啊，

跟我去觐见国王。英国人心里

充满了怨愤，他们的不满情绪

一定会引起令人惊奇的动乱。

到英国去吧；我要去说动国王。

路　　易　充足的理由会出奇制胜，我们走。[1]

只要你说“是”，父王就不会说“否”。

【同下】

① 版本有异，此行据“河滨版”译出。

第四幕

第一景　英国，一城堡中

【休伯特与二行刑人上】

休　伯　特　把这些铁块给我烧红。你们
注意些，站到帐幕后面去。只要我
在这地板上一跺脚，你们就冲出来，
看到我身旁有个孩子，就把他
捆在椅子上。小心点。去吧，等着。

行刑人甲　我希望你是奉命叫我们这样干。

休　伯　特　没有必要的顾虑！不用怕。就这样。

【二行刑人下】

亲爱的孩子，出来吧，我有话对你说。

【亚瑟上】

亚　　瑟　早上好，休伯特。

休 伯 特　早上好，我的小王子。

亚　　瑟　我有当国王的身份，却身为小到
不能再小的王子。您看来挺悲伤。

休 伯 特　我真的有过快乐的时光。

亚　　瑟　老天爷！
我以为除了我以外没人悲伤过。
可是我记得，当我在法国的时候，
年轻的公子哥儿们忧郁得像黑夜，
全是装模作样的。我是个基督徒，
假如我能够出狱，让我去牧羊，
我就会从早到晚高高兴兴的；
就是在这里我也不发愁，只要
不担心我的叔叔会加害于我。
他怕我，我也怕他。我是杰弗里的
儿子，难道这也是我的过失吗？
不，确实不是的；愿上天让我
做您的儿子，只要您疼我，休伯特。

休 伯 特　（旁白）假如我跟他谈下去，他这种天真的谈话会唤醒我已经麻木的仁慈心；
所以我必须赶紧下手，马上干。

亚　　瑟　您不舒服吗，休伯特？您脸色苍白。
说真的，我倒希望您有点儿不舒服，
我可以整夜坐在这儿守着您。
我敢说我爱您是胜过您爱我的。

休 伯 特　（旁白）他的话已经打进了我的心坎。
读这个，小亚瑟。（出示一文书。）
（旁白）怎么啦，愚蠢的眼泪？
是把无情的酷刑扔出门外吗？
我必须赶快干，否则，决心会化作
温柔的女儿泪，从我眼睛里流出来。
你不会读吗？字迹不是很清楚吗？

亚　　瑟　主意太恶毒，字迹清楚得过了头。
你必须用烙铁烫瞎我的两眼吗？

休 伯 特　孩子，我必须这样做。

亚　　瑟　你真会？

休 伯 特　我会的。

亚　　瑟　您忍心下手吗？那天您有点儿头痛，
我就用手帕扎住您额头，那是
一位公主给我的、我最好的手帕，
我从来没有向您讨还过这手帕；

半夜里我用我的手抱着您的头；
像分分秒秒伺候着时辰那样，
我不断询问，排遣难熬的时间，
我问：“您需要什么？”“您哪儿难受？”
或者“哪些事我可以为您效劳？”
穷人的儿子都只会默默地躺着，
从来不对您说一句温情的话语，
您却有一位王子伺候着您的病。
也许您以为我的爱是虚情假意，
说这是狡诈。行啊，随您的便吧；
假如您这样虐待我是出于天意，
也只好如此。要烫瞎我的两眼吗？
这双眼可不曾也永远不会向您
表示厌恶啊！

休　伯　特　我已经发誓要干，
我必须用烙铁把你的两眼烫瞎。

亚　　　瑟　啊，在铁的时代才有人这样干！
这块铁，尽管它烧得通红，只要它
靠近我眼睛，也会吸我的泪水，
让这些泪水，纯洁无辜的液体，
来烧灭烙铁上熊熊燃烧的怒火；
然后这块铁就生锈、腐蚀，只因为

它曾容纳过伤害我两眼的火焰。
您比锻过的铁块还要顽固吗?
假如有一位天使到来，对我说
休伯特将把我两眼烫瞎，我也
不相信，除非休伯特亲口对我说。

休　伯　特　出来！（跺脚）

【二行刑人持绳索、烙铁等上】

休　伯　特　按照我吩咐你们的去做。

亚　　　瑟　救救我，休伯特，救救我！看到这两个
恶人的凶相，我两眼已经吓瞎了。

休　伯　特　把烙铁给我，把他捆在这里。

亚　　　瑟　哎呀，您何必这样粗声粗气的?
我不挣扎，我一动不动像石头。
看在上天的分儿上，请不要捆我！
听我说，休伯特，把这两个人撵走，
我会静静地坐着像一只羔羊；
我一动也不动，不退缩，不说一句话，
也不会对着那烙铁怒目而视。
只消把他俩撵走，无论您对我
施加怎样的酷刑，我都原谅您。

休　伯　特　站到里面去！让我一个人对付他。

行刑人甲　不让我干这种事情，我最高兴了。

【二行刑人下】

亚　　瑟　哎呀，我倒是把一个朋友赶走了！
他相貌凶恶，可是他心地善良。
让他回来吧，他的同情心也许会
唤醒您的。

休伯特　来吧，孩子，准备好。

亚　　瑟　无可挽回了？

休伯特　不错，你必须失明。

亚　　瑟　天哪！但愿您眼睛里有一颗灰尘，
一粒砂，一只小飞虫，一根游丝，
任何能干扰您宝贵视觉的东西！
您就会感到小东西也这样恼人，
那您的歹心该是多么凶残啊！

休伯特　这就是你答应我的？好了，别说了。

亚　　瑟　休伯特，为一双眼睛求情请愿，
用两条舌头说话也是不够的。
别叫我收起舌头，休伯特，别这样；
如果您愿意，割下我的舌头吧，
这样我可以保眼睛。留下眼睛吧，
尽管它除了看着您，没一点用处！

瞧啊，我保证，这刑具已经冷却，
不愿烫伤我。

休　伯　特　我能够烧热它，孩子。

亚　　　瑟　您不能，真的，炉火悲伤得死去了，
火生来是为了给人温暖，却被人
用作刑具。不信，您自己瞧去，
这块燃烧的煤炭是毫无恶意的；
上天吐口气吹灭了它的精魂，
向它的头上撒了忏悔的灰末。[①]

休　伯　特　我可以吹口气叫它复活，孩子。

亚　　　瑟　假如您这样做，您只能叫它脸红，
为您的作为感到羞愧，休伯特。
它也许会迸出火星到您的眼睛里；
像一条被迫作战的狗，回头来
把促它上场的主人反咬一口。
您准备用来害我的一件件工具
都拒绝执行任务；烈火和顽铁
以残酷无情而著名，也会发一点
慈悲，而您却没一点恻隐之心。

休　伯　特　好吧，留着眼睛活下去；我不碰
你的眼睛了，哪怕你叔叔把全部

① 忏悔者要在头上撒灰，以表示忏悔。

家产都给我。不过我发过誓，孩子
我确曾准备用这块烙铁烫瞎你。

亚　　瑟　啊，现在您像是休伯特了！刚才您
是故意假装的。

休 伯 特　安静；别说了。再见。
你叔叔必须知道你已经死去。
我要用假报告应付凶恶的暗探；
可爱的孩子，甭害怕，安心睡觉吧，
即使给我全世界的财宝，休伯特
也不来伤害你。

亚　　瑟　天哪！谢谢您，休伯特。

休 伯 特　安静，别说了。跟着我悄悄地进去，
我为你担着多少风险呢，孩子。

【同下】

第二景　英国，英王宫内大厅

【约翰王、潘布罗克伯爵、
索尔兹伯利伯爵及群臣上】

约　翰　王　在这儿朕再次升座，再次加冕，[①]
朕乐意承受众卿欢悦的目光。

潘布罗克　这个“再次”，尽管陛下喜欢它，
其实是多余的。您以前行过加冕礼，
这个至尊的王位从没废除过；
百姓的忠诚从没被叛乱玷污；
国土上并没有新的阴谋在作祟，
没有人煽动臣民去改朝换代。

索尔兹伯利　所以，展示出加倍的壮丽豪华，
给缀满荣名的尊号锦上添花，
给纯金镀金，给百合敷上白粉，
把香水洒到紫罗兰芬芳的花瓣上，
磨光冰块，或者给彩虹添一种

---

① 理查一世逝世不久，约翰即宣布为英格兰王并正式举行加冕典礼（1199）。但在 1200 年他从法国回到英国后，在坎特伯雷他又举行一次加冕典礼。1201 年他举行第三次加冕典礼。本剧涉及的这次是他的第四次加冕典礼（1202）。

新的颜色，或者用蜡烛的微光
给天的巨眼——灿烂的太阳增辉，
都是无效的浪费，可笑的徒劳。

潘布罗克　要不是陛下的旨意必须遵行，
这次操办不过是重讲古老的
故事罢了，而且，重复的叙述
真令人烦恼，因为太不合时宜了。

索尔兹伯利　纯朴古老的祖传仪式，为大家
所熟悉，这一回却搞得面目全非了。
正好像风向一变，就影响航帆，
这一回引起公众的想法转向，
使谨言慎行的人们大吃一惊，
使正常舆论呈病态，使真理可疑，
因为披上了一件时髦的新衣。

潘布罗克　工匠们竭力要干得好上加好，
求功心切，到头来却弄巧成拙，
有时候替一件错事文过饰非，
无异于给这件错事错上加错：
仿佛给小小的破洞加一块补丁，
不但没掩盖失误，反而让失误
更加显眼，这不是欲盖弥彰吗？

索尔兹伯利　在陛下这次加冕前，我们曾以
这样的下情进谏，可陛下未能
恩准，我们也只好奉旨行事，
因为我们的一举一动都不能
逾越陛下圣意裁断的界限。

约　翰　王　再次举行加冕的一部分理由
朕已经告知你们，理由是充分的；
待忧虑减少后，朕还将告知你们
更多更充分的理由。此刻只问
你们对不妥处有何改良的建议，
你们将看出朕多么愿意听取
你们的意见，答应你们的请求。

潘布罗克　那我就作为在场各位的喉舌
来说出大家心中共同的意愿，
为各位，也为我自己，可主要是为了
陛下的安全，这乃是我和众大臣
费尽心力谋求的——我们衷心地
恳请给亚瑟以自由，亚瑟被监禁，
已引起公众的不满，常口出怨言，
由此爆发出如此危险的议论：
假如您安享的权利都是合法的，
那么，为什么据说是因错误行事

而产生的畏惧之心会促使您监禁
您那幼弱的侄儿，使他的岁月
被愚昧无知填满，年纪轻轻
却无法从勤奋学习中得到好处？
为了使不满现状的人们找不到
发难的借口，我们敬遵圣命，
提一个请求，那就是给亚瑟自由，
我们为自身利益不另提要求，
因为我们的祸福依附于陛下，
而他的自由与陛下休戚相关啊。

【休伯特上】

约　翰　王　就这样办吧；我把这孩子交给
你们去管教。休伯特，有什么消息？

【引休伯特到一旁】

潘布罗克　这就是要奉命去制造血案的家伙，
他曾把密诏给我的朋友看过。
他的眼睛里闪现着罪大恶极的
憧憧鬼影；他贼头贼脑的相貌
恰恰透露出惶恐不安的心情，
我十分担心那件事他已经干了，

那件我们生怕他接受的任务。

索尔兹伯利　王上的脸色一时红一时又变白，

决心下毒手，又受到良心谴责，

像使者在两军战阵前来去奔驰，

他心情焦躁到极点，快要爆炸了。

潘布罗克　爆炸的时刻，我怕一个好孩子

惨遭杀害的噩耗也就到来了。

约翰王　朕无力拉住死神强硬的铁腕。

爱卿们，虽然朕并未收回允诺，

你们的请求却已经过时而失效。

他告诉朕说，亚瑟在昨夜死了。

索尔兹伯利　我们担心过他患的是不治之症。

潘布罗克　这孩子自己感到有病痛之前

我们就听说他已经死到临头了。

在人间，在天上，这件事必须追究。

约翰王　爱卿们为什么横眉怒目地看着朕？

你们以为朕掌握着命运的剪刀吗？

朕有权支配生命脉搏的行止吗？

索尔兹伯利　这显然是谋杀的丑剧，身居高位

却明目张胆地作恶，实在可耻。

但愿你得到同样的好报！再见。

潘布罗克 等一等，索尔兹伯利大人，我跟您一起去，

去寻找这可怜孩子继承的遗产——

他被迫葬身的坟墓，他小小的王国。

那本该拥有整个岛国的身躯

三尺黄土就埋了；丑恶的世界！

且不能善罢干休。我想这阴谋

会很快暴露，激起公愤和众怒。

【群臣下】

约翰王 他们的怒火正旺。我感到后悔。

【使者上】

约翰王 基础建立在血泊中不可能稳固；

生命不可能靠杀死别人而获得。

你眼里充满恐惧。我在你脸上

见过的鲜活的血色到哪里去了？

没有暴风雨阴天不可能转晴，

暴雨快下吧：在法国，他们怎么样？

使者 从法国到英国来了。从未见到过

为远征外国而在本国的国土上

征集到如此强大威武的军队。

他们已学会您兵贵神速的决策；

您还没听说他们在准备进军，
他们的大军已到的消息就来了。

约 翰 王 啊！难道我们的探子喝醉了？
在那儿睡大觉？母后的监视管啥用，
在法国征调这样的一支大军，
她没有听到一点儿动静？

使 者 陛下，
太后的耳朵被尘封了，四月一日，
您的尊贵的母后驾崩了。我听说，
康斯坦丝夫人也在此事的三天前
发疯而去世；但这是我偶尔听到的
谣传啊，是真是假我可不知道。

约 翰 王 可怕的事变啊，请放慢你的脚步！
请与朕联合起来，待朕去抚慰
愤怒的群臣。什么？母后驾崩了？
那朕在法国的权利一定动摇！
你说法兰西大军确实已经
在这儿登陆，法军的统帅是谁？

使 者 法国太子。

【私生子菲利普和来自邦弗来特的预言者彼得上】

约 翰 王 你说的这些消息

真叫人发晕。（对私生子）啊！世人对于你
干的事[1]有什么议论？别再拿坏消息
来塞进我的脑袋，它已经塞满了。

私　生　子　假如您害怕听到坏消息，那您就
甭听，让最坏的坏事落到您头上。

约　翰　王　耐心点儿对待我，侄儿，我被讯息的
狂潮吓呆了；现在我浮出水面，
喘了一口气，可以听取任何人
讲的话，无论讲的是什么我都听。

私　生　子　我跟牧师们交涉的成绩如何，
我搜集的钱财数目可以说明。
但在我这次走过的许多地方上，
我发现老百姓怀着虚妄的幻想，
盛传谣言，整天做无聊的白日梦，
不知道自己怕什么，却老是害怕。
这是一位预言者，我从邦弗来特[2]
小镇的街上把他带来，我发现
有成百上千的群众跟在他身后；
他粗声粗气地用诗句对群众歌唱，

---

① 私生子干的事指奉命劫夺修道院，见第三幕第三景。

② 邦弗来特，即邦忒弗拉克特，英国约克郡的一个镇。

说是在下一个升天节[1]正午以前
陛下将交出英国国王的王冠。

约 翰 王　无聊的梦幻者！为什么你要这样说？

彼　　得　我预先知道真的要发生此事。

约 翰 王　休伯特，把他带走，把他关起来；
就在他说我要交出王冠的那天
正午时分，把他送上绞刑架。
把他关押妥当后，再回到这儿来，
我还要用你。

【休伯特带彼得下】

哦，我的好侄儿，
在外面你听到消息吗，知道谁来了？

私 生 子　法国人，陛下。大家都在说这件事。
我遇见毕各特大人、索尔兹伯利大人，
他们的眼睛红得像烧旺的火焰，
还有别的人，他们去寻找亚瑟的
坟墓，他们说他是在您的唆使下
于昨夜被杀的。

约 翰 王　亲爱的侄儿，去吧，
你去混迹在他们这些人中间；

① 升天节，耶稣死后升天的日子，即复活节四十日后的星期四。

我有办法去赢回他们的拥戴。

把他们带来见我。

私　生　子　我就去找他们。

约　翰　王　可是要赶快，马上去，越快越好。

现在是外敌犯境，形势逼人，

强大的阵容威胁着我们的城镇，

不要让我的臣民做我的敌人。

做一回墨丘利，在脚跟插上翅膀，[①]

从他们那儿一闪念那样飞回来。

私　生　子　局势的急变教会我急速行动。

【下】

约　翰　王　他说话像个斗志旺盛的勇士。

你跟他同去；也许他需要个使者

在朕和大臣们之间联络沟通，

你去正合适。

使　　　者　我全力以赴，陛下。

【下】

约　翰　王　母后死了！[②]

---

① 墨丘利是罗马神话中的贸易神和信使神，穿的鞋上有翅膀。

② 此行原文仅二音步。

【休伯特上】

休　伯　特　陛下，据说昨夜出现了五个[1]
月亮，四个是固定的，第五个月亮
围绕四个月亮奇怪地转动着。

约　翰　王　五个月亮？

休　伯　特　街道上老头儿老太太
都对这现象做出危险的解释。
他们全都在议论亚瑟的暴亡，
说到亚瑟的时候，他们都摇头，
相互间交头接耳，悄悄地说话；
说话人紧紧地握住听话人的手腕，
听话人脸上显示出恐惧的神态，
紧皱起眉头，点头，滚动着眼珠。
我见到手拿锤子的铁匠傻站着，
那时刻他的铁件都冷在砧上了，
还张着嘴巴听裁缝传播消息，
那裁缝手里拿着剪刀和尺子，
脚上趿拉着拖鞋，他忙里出错，
竟把那两只鞋子左右穿反了，
他说到成千上万的法国士兵

---

① 据霍林舍德《编年史》，在1200年12月，天上出现了五个月亮，第一个在东方，第二个在西方，第三个在北方，第四个在南方，第五个位于中央，周围有众星环绕。

已经在肯特郡摆好作战的阵势。
另外有一个瘦削邋遢的工匠
打断他的话，说起亚瑟的死亡。

约　翰　王　为什么你让我听这些可怕的事情？
为什么你一再强调小亚瑟的死？
是你害了他。我有充分的理由
希望他死，你没有杀他的理由。

休　伯　特　没有吗，陛下？不是您策动我的吗？

约　翰　王　当国王实在倒霉，他身边总有
一群奴才，拿着鸡毛当令箭，
一时的心血来潮变成了杀人
害命的圣旨；主上闭下眼，被认为
要推行严刑峻法；因情之所至，
偶尔一皱眉，并不曾深思熟虑，
被当作天颜震怒，王命不可违。

休　伯　特　这是您亲手写、盖过章、给我的诏令。

约　翰　王　啊！天地之间最后的清算
到来的时候，这笔迹和钤印便是
要陷我于永劫不复之地的铁证！
见到作恶的工具，便干起恶事来，
这并不少见啊！你这个由造化亲自
选出并指定来做这可耻勾当的

家伙，假如当时不在我身旁，
那么我不会产生谋杀的念头；
可是那一天我见到你一脸凶相，
发现你适合干这桩血腥的罪行，
感到你受雇去冒险是颇为恰当的，
我才透露出谋杀亚瑟的意图；
而你呢，一心想巴结一位国王，
就昧着良心去杀害一位王子。

休　伯　特　陛下——[①]

约　翰　王　当我闪烁其辞地透露心愿时，
你只要摇摇头，稍稍作一点沉吟，
或者对我投射出怀疑的目光，
好像要叫我把话说得明白些，
那么我就会羞愧得哑口无言，
你的畏惧会使我也心怀畏惧。
但是你竟然听懂了我的暗示，
并且偷偷摸摸地跟罪恶商量，
你毫不犹豫，心甘情愿地干下去，
终于举起你残暴的毒手把咱俩
都不敢明说的丑事干了出来。

① 此行原文仅一音步。

别让我见到你，再也不要来见我！
众大臣弃我而去，强敌压境，
直达国门，朝廷受到了挑战；
不仅如此，在我这血肉之躯内，
在这血脉和呼吸的王国范围内，
我侄儿之死和我的良知间正在
进行殊死的搏斗，引起了骚乱。

休伯特　武装起来对付其他的敌人吧，
我能够使您的灵魂得到安宁。
少年亚瑟还活着。我的这只手
仍然是一只清白无辜的手啊，
它没有沾上半点殷红的血迹。
杀人行凶这种可怕的念头
从来没有进入过我的心胸，
您以貌取人其实是中伤了天性，
我的外形看上去虽然很丑陋，
它却包裹着善良美好的心灵，
我不会去屠杀一个无辜的孩子。

约翰王　亚瑟还活着？快到大臣们那儿去，
用这个消息去平息他们的怒火，
使他们回头，重申对我的忠诚！
原谅我感情用事，错误地评论了

你的外貌，因为愤怒是盲目的，
糟糕的想象使我这充血的眼睛
把你看得比你本人更可怕。
啊，甭回答！快快前去把那些
愤怒的大臣们请到我房间里来。
我下令太迟了，你脚下必须加快。

【同下】

第三景　英国，城堡前

【亚瑟上，站城墙上】

亚　　瑟　城墙很高，可我还是要跳下去。

善心的大地，仁慈些，不要伤害我！

恐怕不会有人认识我，即使有，

这一身船童的服装也能混过去。

我很害怕，但还是要试一试。

假如我跳下城墙，没摔折肢体，

我会千方百计地逃离这地方，

逃走而死呀比留着等死要强。

【跳下】

哎哟！我叔叔的魂灵附在这石头上。

我灵魂升天吧，我尸骨在英国埋葬！①

【潘布罗克伯爵、索尔兹伯利伯爵、毕各特爵士上】

---

① 据霍林舍德说，有的历史家认为，亚瑟越狱，在越过鲁昂城墙时，跌入塞纳河，溺毙。有的历史家称，亚瑟忧伤过度，最后病亡。也有的历史家坚持认为约翰王秘密杀害了亚瑟。说法不一，但约翰王有重大嫌疑。

索尔兹伯利　二位，我要到圣爱德蒙兹伯利[①] 去见他。

这次去万无一失；在危难之间

得此良机，我们切不可放过。

潘布罗克　红衣主教的那封信是谁送来的？

索尔兹伯利　梅伦伯爵，法国的一位贵族，

他跟我私下谈起太子的情谊，

比信上所写的要更加无微不至。

毕　各　特　那我们明天早上就去会见他。

索尔兹伯利　是明天早上出发，二位大人

要赶两天的路程，才能见到他。

【私生子上】

私　生　子　今天再次幸会了，激动的大人们！

王上派我来请诸位立刻去见他。

索尔兹伯利　他早已不再需要我们了。我们

不愿用我们清白的荣誉去衬垫

他破烂污秽的外衣，也不愿追随

他血迹斑斑的脚步。回去，就这样

对他说。我们知道了最坏的恶果。

私　生　子　不管怎么想，还是说几句好话吧。

索尔兹伯利　替我们说话的是悲哀，而不是礼貌。

---

① 圣爱德蒙兹伯利，英国萨福克郡的一座城市。

私　生　子　不过你们的悲哀没多少道理；
所以有理由要你们注意礼貌。
潘布罗克　老兄，老兄，性急了会无所顾忌的。
私　生　子　这不假，好放手害自己，不是害别人。
索尔兹伯利　这里是监狱。（见亚瑟）躺在这儿的是谁？
潘布罗克　死神啊，你夺去纯洁俊美的王子
而感到骄傲了！这罪恶无地可藏啊。
索尔兹伯利　谋杀，好像是痛恨自己的作为，
把事情暴露在这里，叫人来报仇。
毕　各　特　也许在埋葬这美少年的时候，发现
土坟墩不配承受这高贵的王子。
索尔兹伯利　理查爵士[①]，你怎么想的？你可曾
见过，读到过，听说过？能否想得到？
虽然见到了，你是否认为我真的
见到了？要是没这事，你能想象出
同样的事吗？这是谋杀罪行的
高潮、顶峰、冠军，冠军的冠军。
这是丧心病狂的暴怒和怨毒
呈现在悲天悯人的眼泪之前的
天底下最最血腥的丑事、最最
野蛮的暴行、最最卑鄙的袭击。

① 理查爵士，这是对私生子菲利普的称呼。

潘布罗克　与此相比，过去的一切谋杀罪
都可以赦免，这暴行如此独特，
无与伦比，可以使尚未发生的、
未来的罪行变得神圣而纯洁；
有这场令人发指的表演作先例，
血腥的屠杀不过是一场儿戏。

私　生　子　这是桩十恶不赦的杀人罪案，
是亵渎神明的毒手创造的杰作，
假如有人真的下毒手的话。

索尔兹伯利　假如有人真的下毒手的话？
我们早就预感到有事情要发生，
这是休伯特干下的可耻勾当，
而国王正是罪行的主谋和策划者；
我禁止我的灵魂再效忠于他，
我跪在这可爱生命的遗骸之前，
对着这不再呼吸的优美躯壳
我发出芬芳的誓言，神圣的意愿，
从此决不再品尝人间的美味，
从此决不再感受尘世的愉悦，
也不再沉缅于安闲和怠惰，直到
我让我的手虔诚地从事于复仇，
并从而获得无上的光荣为止。

潘布罗克
休　伯　特　我们的灵魂虔诚地认同你的话。

【休伯特上】

休　伯　特　各位大人，我正急着找你们。

亚瑟还活着，王上请你们回去。

索尔兹伯利　啊，好大胆！杀了人也不知羞耻！

滚开，你这可恨的歹徒，去去！

休　伯　特　我不是歹徒。

索尔兹伯利　你逼我无法无天吗？

【拔剑】

私　生　子　你的剑闪着光，大人，把剑收起吧。

索尔兹伯利　除非把凶手的皮囊做我的剑鞘。

休　伯　特　往后站，索尔兹伯利大人，往后站；

天哪，我想我的剑不比你的钝。

我希望你不要忘乎所以，大人，

也不要冒险挑动我为自卫而战，

否则，注意到你的盛怒，我只会

忘掉你尊贵的身份、显赫的地位。

毕　各　特　滚开，下贱坯！你敢跟贵族挑战吗？

休　伯　特　我死也不敢；但为了保卫我的

清白的生命，我敢把皇帝拉下马。

索尔兹伯利　你是个凶手。

休　伯　特　不要逼我当凶手；

我至今不是。只说虚假的情况，

是不说真话；说得不真实，是撒谎。

潘布罗克　把他碎尸万段。

私　生　子　安静些，我说。

索尔兹伯利　站开，否则我伤了你，福康布立奇。

私　生　子　你最好去伤魔鬼，索尔兹伯利。

只要你对我皱皱眉头，动动脚，

或者你发发脾气，侮辱我一下，

我就打死你。快把剑收起，否则我

就把你和你的烤肉叉砸个稀巴烂，

让你感到魔鬼从地狱里出来了。

毕　各　特　你要干什么，大名鼎鼎的福康布立奇？

帮助一个歹徒、一个凶手吗？

休　伯　特　毕各特大人，我不是。

毕　各　特　谁杀了王子？

休　伯　特　不到一小时以前我离开他时

他还是好好的。我敬他、爱他，为了

他的死我将在哭泣中度过余生。

索尔兹伯利　不要相信他眼睛里狡猾的水滴，
狡诈的奸徒也不是没有眼泪的，
他是老手，能够把眼泪变成
表示忏悔和无辜的滔滔江河。
你们，从灵魂深处就怕闻屠场里
污秽腥臭的人们，都跟我走吧，
我已被这桩罪行的恶臭窒息了。

毕　各　特　向伯利进发，去投奔法国太子！

潘布罗克　告诉国王，在那里能找到我们。

【潘布罗克、索尔兹伯利、毕各特下】

私　生　子　朗朗乾坤啊！你知道谁干的好事吗？
苍天的无限慈悲也没法超度你，
假如你真的亲手杀了他，你就该
下地狱，休伯特。

休　伯　特　你且听我说，阁下。

私　生　子　啊哈？我来告诉你；①
你将被打入不能再黑的黑地狱，
你将比路西弗②受到更凶的诅咒。
你将成为地狱里无比狰狞的

---

① 此行原文为三音步。

② 恶魔撒旦堕落前常被称为路西弗。

恶鬼，假如你真的杀了这孩子。

休　伯　特　凭我的灵魂起誓——

私　生　子　即使你仅仅

同意过这项暴行，你也没救了，

假如你少一根绳子，那么蜘蛛

肚子里吐出的最细的蛛丝也足以

把你勒死；灯芯草可以做横梁，

让你上吊；假如你愿意投河，

那么只消在勺子里放一点清汤，

这点水就足以抵得过整个海洋，

足以把你这样一个恶棍淹死。

对你这个人，我真是满腹狐疑啊。

休　伯　特　这美丽躯壳里可爱的生命被盗走了，

如果我参与了犯罪，不管是动手、

赞成或预谋，只要有，那就让地狱里

所有的酷刑来惩罚我。我向他告别时，

他还是好好的。

私　生　子　去呀，把他抱起来。

我感到非常困惑，在这遍地是

荆棘的险恶世界上，我已经迷了路。

你多么轻易地抱起了整个英格兰！

生命、统治全国的权力和法则

从这个已死王子的小小躯干里[1]
飞上天去了；英国陷入了争夺
和扰攘之中，这片壮丽的江山
被尚无归属的利害咬成了碎片。
为夺取王位这根啃光的骨头，
横暴的战神已耸起愤怒的羽冠，
对着和平的柔眼狂吼乱叫；
现在，内忧和外患同时发生，
联成一条线；大动乱一触即发，
像饿鸦想啄食病死的牲口那样，
只盼着篡夺的王权迅速崩溃。
谁能够裹紧大氅挡住暴风雨，
谁就有福了。把那个孩子抱着，
快步跟我走。我要到王上那儿去。
事情啊千头万绪急着要去干，
对这片国土上帝也觉得厌烦。

【同下】

① 此行的含义，因上两行在不同版本上一个惊叹号的位置不同而产生不同的理解。这里据“牛津版”译出。

第五幕

第一景　英国，约翰王宫廷

【约翰王、潘杜夫主教、侍者上】

约　翰　王　这顶光荣的王冠，我把它交到

你的手里了。（交出王冠）

潘　杜　夫　（把王冠交还约翰）从我的手中取回

你的至高的威权和至尊的王位吧，

就像从教皇手里取回它一样。①

约　翰　王　请遵守神圣的诺言，去会见法国人，

请代表教皇全力以赴，去扑灭

① 按史实，由于约翰王长期违抗教皇，教皇英诺森三世宣布废黜约翰，以英王王冠许给法王腓力（1212）。约翰被迫与教皇达成和解协议（1213）。约翰按照教皇的指令把王冠从自己头上摘下，交给教皇的使者潘杜夫。约翰王允诺赔偿教会的损失，向教皇纳贡，承认英格兰与爱尔兰为教皇封赠之采邑。同年教皇下令赦约翰罪。自此英国每年向罗马纳贡一千马克，至 14 世纪中叶后始止。

我国的叛乱，趁大火还没烧旺。
心怀异志的州官们纷纷造反，
朕的老百姓也起来违抗朝廷，
他们都发誓，要向异族的君主、
外国的王朝表示爱戴和忠顺。
这股由乖戾怨愤汇成的洪流
只有靠您的力量来加以遏制了。
请不要延误；这时代生了重病，
必须立即用药物来加以治疗，
否则，毁灭的命运就不可抗拒了。

潘　杜　夫　这一阵狂风本来是由我吹起的，
起因于你对教皇的桀骜不驯。
不过，既然你已经痛改前非，
我就去当说客，制止这一场战争，
把阳光带到你风雨大作的国土上。
你好好记住，就在升天节这一天，
当你宣誓效忠于教皇之后，
我去说服法国人放下武器。

【下】

约　翰　王　今天是升天节吗？那位预言者
不是说我在升天节正午之前

将失去王冠吗？果然，我丢了王冠。
我原来以为我将被迫交出它，
谢天谢地，这一回是出于自愿。

【私生子上】

私　生　子　肯特郡全城投降了；只有多佛尔堡
还在坚守。伦敦像好客的主人
接待了法国太子和他的军队。
您的贵胄们不听您的话，他们
全都为您的敌人效命去了。
少数焦虑不安的朋友们也都
惶惶然不可终日，进退失据。

约　翰　王　我的大臣们听到年轻的亚瑟
没有死，还不愿回到我这里来吗？

私　生　子　他们发现他死了，被扔在路上，
一只空宝盒，其中生命的珍珠
已经被某只该死的黑手夺走了。

约　翰　王　休伯特那坏蛋对我说他还活着。

私　生　子　天地良心，休伯特不知道他死了。
为什么您垂头丧气、面色沮丧？
您胸怀大志，但需要英雄的行动。
不要让世人看到一位君王的

眼睛转动时被恐惧和疑虑支配着。
要像时代般奋发，以烈火压烈火，
威胁那威胁者，用无畏的气势压倒
狂傲的恐怖。于是下层的平民，
本来就惯于仿效伟大的言行，
一看到您的榜样就勇气倍增，
将显出不屈不挠的坚强决心。
去吧，您应当威灵显赫，以那位
一心要装点战场的战神为榜样。
您必须信心十足，英勇无敌。
什么，让他们直捣狮子洞，叫雄狮
在洞里饱受惊吓，瑟瑟发抖吗？
啊，别教人耻笑。要主动出击，
趁敌人还没有靠近此地，我们要
远远地迎击，拒敌于国门之外。

约　翰　王　教皇的使者刚才跟我见过面，
我已经跟他达成满意的和解，
他也已答应去说服法国太子
把军队撤回。

私　生　子　啊，不光彩的和谈！
难道我们立足于自己的国土，
还要跟入侵的敌寇讲什么宽容、

谅解，去谈判，曲意奉承，订什么
城下之盟？那嘴上无毛的小儿、
娇纵的浪子，竟然能长驱直入，
教生灵涂炭，在我们尚武的国土上，
用散乱的旗帜藐视我们的天空，
却不受限制？陛下，我们要反击。
也许那主教对和议无能为力。
即使他谈判成功，至少也得让
他们瞧瞧，我们有自卫的决心。

约 翰 王　那么就归你处理当前的急务吧。

私 生 子　让我无所畏惧地前去！我知道，
碰到更傲慢的敌手也能对付好。

【同下】

第二景　英国，圣爱德蒙兹伯利，法国太子的军营

【太子路易、索尔兹伯利、梅伦、
潘布罗克、毕各特各穿戎装，率士兵上】

路　　易　梅伦大人，把此件另抄一份，
并妥为保存，以备日后的查核。
把原件仍然交还给各位大人，
我们商定的内容已写在上面，
我方与另一方一看这书面条款，
就明白为什么我们要庄严立誓，[①]
从而信守盟誓，永远不背约。

索尔兹伯利　就我们而说，是永远不会背约的。
尊敬的殿下，虽然我们对于您
采取的行动，衷心拥护，并且
发誓效忠，但请相信我，殿下，
我并不愿意这疮痍满目的时代
依凭卑鄙的背叛来敷上药膏，

① 按史实，1214年，背叛的英国贵族们聚集在圣爱德蒙兹伯利，“庄严宣誓”反对英王约翰，除非他恢复这些贵族的被剥夺的特权。这是1215年签署《大宪章》的前奏，与1216年法国人入侵英国无关。

不愿意为医治一处难忘的创伤
而造成更多的创伤。我的心悲痛啊，
因为我不得不从腰间拔出剑来，
去制造寡妇！听啊，那些光荣地
参与拯救和保卫祖国的人们
正在愤怒地指名谴责索尔兹伯利！[①]
但是时代的病症已如此沉重，
为了使我们的权利健康地存留，
我们不得不采取极端的手段，
通过不义和暴力来纠正时弊。
我岂不可悲，啊，伤心的朋友们，
我们，这座岛国的后代子孙们，
竟注定要看到今天这凄惨的时刻，
此时我们正追随着外国人，践踏
祖国温柔的大地，并且加入了
敌人的队伍——我只有捶胸痛哭，
哀叹我自己不得不出此下策，
屈辱地给远道而来的贵客增光，
追随陌生的旗帜而来到此地！
什么，这里？祖国啊，愿您能搬迁！
但愿那环抱着您的海神的巨臂

① 以上三行原文的含义在理解上有不同，这里据“滨河版”注释译出。

能把您搬走，让您在不知不觉中
被抓走，放到异教徒统治的岸边，
于是这两支基督教军队就会让
仇恨的血液流进和睦的脉管里，
决不再互不相容而浪费鲜血！

路　　易　你这番言辞显示出高贵的品性，
你胸中反复较量的强烈感情，
对高贵品性的震撼如天崩地裂。
在英雄气概和被迫无奈之间
你内心进行的搏斗是多么崇高啊！
让我把你的脸上闪闪发亮地
淌着的正直、知耻的泪珠拭去吧。
我的心曾为妇人的哭泣所软化，
这种女儿泪本是通常可见的；
但这样迸涌而出的男儿热泪，
倾泻自灵魂深处的狂风暴雨，
却使我两眼惊愕，头脑发呆，
比我看见天宇的穹窿上布满着
熊熊燃烧的流星更使我诧异。
扬起眉来，德高望重的索尔兹伯利，
用博大的胸怀来斥退这场风暴。
把泪水留给那些娃娃的眼睛，

让那些没见过发怒的广大世界，
除饮宴、嬉游、欢笑、闲聊，不知道
天高地厚的娃娃们只管流泪吧。
来来，你将会把手深深地伸进
宝囊去取得丰硕伟大的成功，
像路易一样。与我同心协力的
各位大人，也将有同样的好运。

【潘杜夫上】

路　　易　我觉得有一位天使在那里说话。①
瞧，教皇的使者匆匆地来到了，
要来给我们宣示上天的手谕，
以神圣的敕语证明我们的行为
正当。

潘　杜　夫　有礼了，尊贵的法国王太子！
我要说的是：约翰王已经跟罗马
达成和解，他已经回心转意，
不再顽固地对抗神圣的教廷——
这宗教圣地罗马的教皇权威；
因此，收起你耀武扬威的军旗吧，
压下这狂暴战争的凶悍气焰吧，

---

① 此行费解，各家注释不同。一说是指喇叭鸣响。

应该像一头亲手喂养的狮子，
能够温驯地蹲在和平的脚边，
外貌虽凶猛却不再伤害动物。

路　　易　请阁下见谅，我不会收兵回国。
我身为太子，岂能附属于他人，
我不做任人摆布的次等角色，
也不做受人利用的奴仆和工具，
为世上任何外国的王朝效劳。
你摇唇鼓舌煽起了已冷的战火，
让我同这个该罚的王国火并，
你还来添柴加薪使火势更旺，
此刻已势成燎原，用原来使冷灰
复燃的口舌是无法吹灭大火的。
你教我怎样去认识正义的原貌，
引导我对这块领土提出要求，
是的，你还激发我作战的雄心，
此刻你却来告诉我约翰已经
跟罗马和解了？这跟我有什么关系？
我凭借婚姻取得的高贵身份，
继亚瑟之后，提出领土的要求，
现在已征服一半，却命我撤兵，
说约翰已经跟罗马言归于好了？

我是罗马的奴仆？罗马付出过
多少费用、人力？输送过多少
武器来支持战争？难道不是我
承担这一切？除了我，加上那些
服从我的号令的人们，还有谁
戮力同心，支持这一场战争？
我行经他们的城镇时，这些岛国的
居民没对我高呼“吾王万岁”吗？
在这场争夺王冠的拼搏中，我不是
打出了好牌，胜利已十拿九稳吗？
难道我非得前功尽弃不可？
不不，我赌咒发誓，决不这样做。

潘　杜　夫　你所见到的，不过是事情的表面。

路　　　易　不管是表面，是里面，反正我不撤，
除非我光荣完成了预定的使命，
实现了我原先怀抱的宏大志愿，
当初我征调了这支精锐的军队，
选拔了世界上无比凶猛的战士，
为了夺取荣誉和傲视胜利，
我敢于冒险，敢于以生死相拼。

【喇叭鸣响】

是什么雄壮的喇叭声在召唤我们?

【私生子上】

私　生　子　根据世上通行的平等礼仪，
请你听我说。尊敬的米兰大主教，
我是奉英王的命令前来传话的，
我来打听你为他做的事怎样了。
听了你的回答后，我就会根据
我所掌握的权限而采取措施。

潘　杜　夫　法国太子实在是刚愎自用，
我请求无效，他毫无妥协之意；
他直言不讳地表示不放下武器。

私　生　子　凭着暴怒所吐出的鲜血起誓，
这孩子说得对。现在听英王说话，
因为我正是代表英王在发言：
他已经准备好，这是理所当然的——
对于这一场愚蠢而无礼的进犯，
这武装的舞会，轻举妄动的欢宴，
乳臭未干的恶作剧，娃娃的军队，
英王只一笑而已，他已经准备好，
要对这一支侏儒组成的队伍
狠狠抽一鞭，驱逐出国境线外。

他那只铁手，曾经在你家门口
用大棒揍过你，吓得你跳窗逃走，
或者像吊桶那样躲藏到井底，
或者蜷伏在马棚里褥草堆旁，
或者像典当品锁进柜子箱子里，
或与猪为伍，或把地窖和监狱
当作庇护所，或听到贵国的乌鸦
一声鸣叫，也吓得浑身哆嗦，
以为是英国士兵杀敌的喊声，
那么曾经在你家惩治过你们的
胜利的铁掌，在这里会软弱无力吗？
不！勇武的英王已武装起来，
像一只猛鹰盘旋在高峻的天空，
将随时扑向侵犯鹰巢的异类；
你们这一批忘恩负义的叛徒，
你们这一帮血腥的尼禄①，在割裂
亲爱的英国母亲的子宫，可耻啊；
你们本国的妇人和苍白的少女
像亚马孙女子②正踏着鼓声迈进，
她们把顶针换成防卫的铁手套，

① 尼禄（37—68），罗马皇帝，著名暴君，曾弑其母，割裂其子宫致死。

② 亚马孙女子，希腊传说中好战的女人族，居住在亚速海岸或小亚细亚。

把针线换成长矛，把慈爱的心肠
换成好斗的脾性、铁血的意志。

路　　易　别再吹牛了，平平安安地回去吧，
我承认你比我们更善于骂人。再见！
我们的时间宝贵，我们不跟你
吵架，这浪费时间。

潘 杜 夫　我有话要说。

私 生 子　不，我来说。

路　　易　谁的话我也不听，
敲起战鼓来，让战争巨神的舌头
宣布我来了，声明我的权利吧。

私 生 子　的确，你的鼓一打就会响起来，
你也一样，一挨打就喊叫。你只要
让你的鼓声咚咚地在空中震荡，
附近就立刻会有另外一面鼓
发出同样巨大的咚咚的回响。
你再敲一面鼓，就会再有一面鼓
发出同样的震动天庭的巨响，
模仿着隆隆的雷鸣；因为约翰
不信任这位举棋不定的使者，
对他只是闹着玩，并不需要他，
约翰王御驾亲征来了，他额上

坐着骷髅形死神，准备在今天

饱餐几千名法国士兵的生命。

路　　易　把战鼓敲响，看危险究竟在哪儿。

私 生 子　甭怀疑，你会找到的，太子殿下。

【同下】

第三景　英国，战场

【喇叭鸣响。约翰王、休伯特上】

约翰王　今天战况如何？告诉我，休伯特。

休伯特　恐怕不妙。陛下御体如何？

约翰王　这一场长久苦恼着我的热病
越来越重了。啊，我心里难受啊！

【一使者上】

使者　陛下，您那勇敢的侄儿福康布立奇
恭请陛下您立即离开这战场，
还要我向他回禀您上了哪条路。

约翰王　告诉他我要去斯温斯德的修道院。[①]

使者　请尽放宽心；因为那法国太子
迫切盼望的大批援军三天前
已经在古德温沙洲[②]触礁遇难；
这消息是理查爵士刚刚收到的。[③]

---

① 斯温斯德（Swinstead），据有关注释，可能是斯威恩斯海德（Swineshead）林肯郡的一处地名，那里有一座大修道院。

② 古德温沙洲，是危险的暗礁，在英吉利海峡靠近肯特郡海岸处。

③ 理查爵士及上文的福康布立奇都称私生子菲利普。

法国兵士气低落，已主动后撤。

约　翰　王　哎呀，凶暴的热病把我烧狠了，

竟至不让我欢呼这样的好消息。

向斯温斯德出发。赶快上担架，

我已经浑身无力，我要昏厥了。

【同下】

第四景　英国，战场另一部分

【索尔兹伯利、潘布罗克、毕各特及其他人上】

索尔兹伯利　没想到英王还有这么多朋友。

潘布罗克　打起精神来！给法国士兵鼓气；
要是他们吃败仗，我们也倒霉了。

索尔兹伯利　那投错胎的魔鬼福康布立奇
不顾一切地独立支撑着战局。

潘布罗克　据说约翰王病重，离开了战场。

【士兵们引梅伦负伤上】

梅　伦　扶我到那些英国的叛徒那儿去。

索尔兹伯利　我们得意时，没人叫我们叛徒。

潘布罗克　是梅伦伯爵。

索尔兹伯利　他受了重伤，快死了。

梅　伦　快逃吧，英国的贵胄，你们被出卖了！
赶快从叛逆的狭路上抽身回去，
欢迎那被弃的忠诚回到心中来。
去把约翰王找到，跪在他脚下；
因为，假如法国人在今天得胜，

路易为答谢你们付出的辛劳，
会砍下你们的脑袋。他这样发过誓，
当时我和许多人都在他身旁，
在圣爱德蒙兹伯利的神坛之前，
我们向你们宣誓亲密的团结、
永久的友好，也在这座神坛前。

索尔兹伯利　这样的事情可能吗？这是真的吗？

梅　　伦　我见到可怕的死神正在挨近我，
还有点余生在苟延残喘，不是吗？
这余生正在流血中渐渐耗尽，
像蜡人挨近火焰便熔化成灰。
我已经不可能靠骗人得到好处，
我还有什么牵挂要再去骗人？
我真的要死去，今后要真的靠真诚
在天国永生，为什么我还要作假？
我再说一遍，假如路易打胜了，
他绝对不会让你们再一次见到
东方的黎明，否则他就食言了；
就是在今晚，阴暗游荡的夜气
已经笼罩着衰老疲惫的夕阳，
包围着他那熊熊燃烧的红冠，
假如路易在你们帮助下得胜，

那你们将终止呼吸，在这个凶夜，
你们的生命将被出卖，来抵偿
你们出卖祖国的叛逆行为。
请代我向英王身边的休伯特问候，
我跟他有交情；除此之外，考虑到
我的祖父是一个英国人，因此
我良心发现，坦白地说了这一切。
我想要一点报酬，请把我抬走，
离开这喧闹嘈杂的战场，我可以
在一片静谧中进行最后的思索，
带着沉思冥想和虔诚的愿望，
让我的灵魂从肉体分离出来。

索尔兹伯利　我们相信你，我真心庆幸，接受
你给予我们的大好机会，否则
我灵魂该受到诅咒！趁此机会，
我们可以从该死的亡命途中
退回去，像受阻后退的江水那样，
告别以往的泛滥和反常的渠道，
俯就被我们一度淹没的堤岸，
带着满怀的忠诚，平静地流下去，
流向大海，伟大的约翰王身边。
我伸出手来，帮衬着把你抬走，

我见到死亡的剧痛出现在你的
眼睛里。走吧，朋友们，新的逃亡，
新的福分啊，要恢复旧的朝纲。

【众引梅伦下】

第五景　英国，法国军营

【太子路易及侍从上】

路　易　我感到天上的太阳不愿落下去，
停步不动，使西天满面通红，
听任英军从他们阵地上懦怯地
撤退。啊，我们是英勇无畏的，
在一场血战之后，我们放一排
本可不放的大炮，向白昼告别，
卷起破烂的旗帜，从战场归来，
几乎成了战场上唯一的主人！

【一使者上】

使　者　殿下在哪儿？
路　易　在这儿。什么消息？
使　者　梅伦伯爵阵亡了；英国的贵胄们
在他的劝说下又向我们倒戈了。
您的援军，那是您长久盼望的，
在古德温沙洲触礁，全军覆没了。

路　　易　啊，这消息坏透了！你这该死的！
真没有想到你今晚带来这消息
使我这样地扫兴。是谁说过
在暗夜把我们疲惫的两军分开前
一两个小时约翰王已经逃走了？
使　　者　不管谁说的，这情况属实，殿下。
路　　易　好吧，今夜你们要小心防卫。
我将在黎明来到前早早地起身
去试探一下明天有没有好运气。

【同下】

第六景　修道院附近空地

【私生子与休伯特相对而上】

休　伯　特　是谁？说话！快说呀，我要开枪啦！

私　生　子　是朋友。你是谁？

休　伯　特　我是英国方面的。

私　生　子　你上哪儿去？[①]

休　伯　特　关你什么事？你可以问我干什么，
为什么我就不能问你干什么？

私　生　子　你是休伯特，我想。

休　伯　特　你想得没错。
你竟听得出我的声音，那么我
就敢于冒险相信你是我的朋友。
你是谁？

私　生　子　随你怎么想，要是你高兴，
你可以十分友好地把我认作
普兰塔家族繁衍的后代儿孙。

休　伯　特　我记性太坏了！茫茫黑夜，碰到你，
我就出丑了。勇敢的战士，原谅我，

---

① 此行原文为二音步。

你的声音本来是我所熟悉的，
这一回我的耳朵竟辨认不出来。

私　生　子　好了，好了，不必客气了。有消息吗？

休　伯　特　哎呀，我还在黑夜里四处奔走，
为了寻找你。

私　生　子　简单点，有什么消息？

休　伯　特　啊，阁下，这消息配得上黑夜，
是污黑、可怕、冷酷、吓人的消息。

私　生　子　让我看看这坏消息造成的伤痛吧，
我不是女人，我不会一见就晕的。

休　伯　特　王上恐怕被一个修道士下了毒。①
我离开他时他几乎不会说话了，
我急忙赶来告诉你这个坏消息，
让你对突然事变心里有准备，
总比你过些时候再听到要好些。

私　生　子　他怎么中毒的？是谁替他先尝的？

---

① 据霍林舍德史书载，约翰王被敌军追击，自温切斯特北撤，一路劫掠。渡韦兰河时，他损兵折将，丢盔弃甲，极为沮丧，得了疟疾。到斯威恩斯海德修道院后，他吃了过多的生桃子和果汁，病情加重。他被抬到纽瓦克堡后不久，即在极度痛苦中去世，时为1216年10月19日。死时49岁，在位17年。在莎士比亚时代，许多人以为约翰王是中毒而死的，据说下毒者可能是一位痛恨约翰的劫掠行为的修道士，也可能是约翰的一个仆人，他与归附斯威恩斯海德修道院的人合谋，给约翰准备了一碟有毒的梨。另说见下文的注。

休　伯　特　告诉你，是一个修道士，狠心的歹徒，
他肠子突然迸裂了。王上还能
稍稍说些话，也许还能够治好。[①]

私　生　子　你离开的时候，留下谁伺候王上？

休　伯　特　你怎么不知道？大臣们全都回来了，
他们把亨利王子[②]也一同带来了，
因亨利请求，王上赦免了他们，
如今他们全都在王上的左右。

私　生　子　全能的苍天啊，克制你的愤怒吧，
让我们摆脱难以承受的打击！
告诉你，休伯特，今晚我的军队
走过浅滩时一半被潮水卷走了——
林肯郡海滩上海涛把他们吞没了；
我骑在大马上，差一点没有淹死。
你头里走吧，带我去叩见王上，
我担心还没见面他已经死了。

【同下】

---

① 据福克斯的有关记载，约翰王是被阴谋毒死的，下毒者是一个名叫西蒙的修道士。他事先把计划禀告修道院院长，得到宗教赦免后，他从一只极毒的蟾蜍身上取得毒液，混合在一杯酒中，然后带着奉承的笑容，捧到约翰王面前，说这是一杯琼浆，王上过去从未喝过，并说他相信假如王上喝了，将使整个英国国泰民安。接着他自己举杯饮了一大口，约翰王于是也饮了一口。西蒙随即离去。不久，西蒙的肠胃爆出肚外，遂死。

② 亨利王子是约翰王的儿子和继位人，即后来的亨利三世（1207—1272）。约翰王死时，亨利年仅9岁。

第七景　修道院花园

【亨利王子、索尔兹伯利、毕各特上】

亨利王子　太晚了，他的全身的血液都已经
中了毒，变了质，他本来清醒的头脑，
曾被人认作灵魂的脆弱的住所的，
现在正发出模糊不清的谵语，
预示着他的尘世生命的终结。

【潘布罗克上】

潘布罗克　王上还在说话，他想必以为
如果把他抬到露天的地方，
那么可怕的毒液在他的体内
造成的高烧就可能得到缓解。

亨利王子　请把父王抬到果园里去吧。
他还说胡话吗？

【毕各特下】

潘布罗克　他比你离开他时
安静得多了，刚才他还在唱歌。

亨利王子　病人的虚幻意识！极度的病痛
持续太久了反而会不觉得痛苦。
死神已经抓住他外部的躯壳，
现在正悄悄撇下躯壳，向他的
心灵进攻，用大量怪诞虚妄的
幻象去戳痛、刺伤心灵，这些
幻象拥进最后的据点，自己也
消灭了。奇怪啊，死亡也会唱歌。
一只苍白无力的天鹅正唱着
哀歌为自己送终，脆弱的簧管里
发出歌声，让他的灵魂和肉体
永久安息：我就是这天鹅的幼儿。

索尔兹伯利　请放宽心，殿下，您生来有责任
把他留下的这个一塌糊涂的
混乱局面整顿出一个秩序来。

【毕各特与侍从抬坐椅的约翰王上】

约　翰　王　唉呀，现在我灵魂有点松动了，
它无须跳窗也不用夺门而出。①
我的胸膛里烧得像炎夏酷暑，
五脏六腑已经被烧成灰烬。

---

① 基督徒认为，人死后灵魂不用越过窗或门即可直升天国。

我是被画在羊皮纸上的一幅
潦草的肖像，受到烈火的烤炙，
皱缩萎黄了。

亨利王子　陛下感觉还好吗？

约　翰　王　中毒了，很不好！死了，被丢了，扔了，
你们谁也不肯叫冬天把他的
冰冻的手指伸进我的喉咙里，
也不肯叫我的国内的江河穿过
我这燃烧的胸膛，你们也不求
凛冽的北风吻我焦渴的嘴唇，
用寒气安慰我。我并不苛求你们，
只求给一点寒冷的安慰。可你们
竟这样吝啬、寡恩，连这也拒绝了。

亨利王子　愿我的眼泪具有缓解您病痛的
神效！

约　翰　王　你眼泪里的盐分太烫。
我身体内部是一座地狱，而毒液
是地狱里面的魔鬼，正在拷掠
我的万劫不复的罪孽的生命。

【私生子上】

私　生　子　啊，我急急忙忙，心急如焚，

巴不得风驰电掣，来见陛下！

约　翰　王　侄儿啊，你来是为了叫我瞑目的。

我心灵的缆绳已经断裂，烧毁，

我生命赖以航行的全部桅索

已变成一条细线，一根发丝。

我心脏有一条可怜的带子系着它，

等你说出你的消息后就会断，

然后，你能见到的就只是一抔土，

就只是帝王倒下后幻成的幽灵。

私　生　子　法国太子正准备向这里进军，

天晓得我们将怎样对付这小子。

那一天夜里我把我军中最为

精锐的部队转移到有利的地方去，

经过海滩的时候不小心碰到

没有料到的海潮，全军覆没了。

【约翰王死】

索尔兹伯利　你把噩耗送给了垂死的耳朵。

陛下！王上！一国之君啊，驾崩了。

亨 利 王 子　我也得这样走下去，这样停下来。

堂堂的国王，一下子化作了尘土——

这世界有什么希望、把握和凭据？

私　生　子　您就这样去了吗？我留在世上
只为了要替您完成复仇的任务，
然后我灵魂就到天国去伺候您，
正如在尘世做您的仆人那样。
现在，诸位返归正轨的星宿啊，
你们的军队在哪里？请你们表示
补过的忠诚吧，立刻跟我回去
把毁灭的灾难和恒久不断的耻辱
赶出我们这临危的国度的门外，
让我们立即去进攻，否则会挨打，
法国太子在我们身后暴跳呢。

索尔兹伯利　好像你所知道的不如我们多，
潘杜夫主教此刻在里面休息，
半小时以前他从太子那里来，
带来了法国人提出的和平建议，
我们可以光荣而体面地接受它，
目的是双方立即停止战争。

私　生　子　他如果见到我们如此坚强的
防御力量，就更会要求停战了。

索尔兹伯利　不，毋宁说他们已经收兵了，
因为他已经把许多车辆发送到

海边去了，他把交战的宗旨
和争议交给主教来全权处理了，
只要你认为可以，那么你、我
和各位大人今天下午就可以
赶去和主教商谈出妥善的协议来。

私　生　子　就这么办吧，你，尊贵的亲王，
还有几位不必前去的亲王，
就留下办理你们父王的丧事吧。

亨 利 王 子　父王的遗体必须葬在伍斯特[①]，
这是他的遗愿。

私　生　子　就葬在那里吧，
亲爱的殿下，请继承先王的大统，
登上英国国君的光荣宝座！
我带着极度的忠顺跪在您面前，
我愿意对您献出真诚的服务，
对您表达永矢不渝的顺从。

索尔兹伯利　我们也同样表示对您的爱戴，
这一片忠心永远也不会变卦。

亨 利 王 子　我秉性仁爱，对你们心怀感激，
不知道如何表达，除了洒泪。

---

① 伍斯特，英格兰中西部城市。

私　生　子　啊，对时代我们已预付了悲伤，

那就让我们收敛过多的哀戚吧。

英格兰从来没有，也永远不会

屈服于任何征服者骄傲的脚下，

除非它首先动手伤害它自己。

现在贵胄们已回到自己的家中，

哪怕全世界三面来攻，我们会

狠狠地反击。只要英格兰效忠于

它自己，我们就永远地无所畏惧。

【同下】

考　证

版　本

在莎士比亚生前，《约翰王》并无单行本问世，这一历史剧最早见于剧作家去世后七年问世的《莎士比亚戏剧集》（1623），全名为《约翰王的生平和去世》。剧中人物名（如法王腓力和太子路易）以及台词标名时有混淆的情况，现代英美莎学家因此倾向于认为该剧系根据剧作家的未经誊清的手稿本（即不是作为舞台提示用的工作本）排印。

写作年份

和莎士比亚同时代的英国作家米尔斯（F·Meres，1565—1647）在《才子宝库》（1598）一书中以赞美的语气列举了莎士比亚的十二部戏剧作品，其中包括《约翰王》。除此之外，并没有外在的或内在的依据，让人可以对该剧的写作年份做出确切的判断。一般认为，这一历史剧最有可能写成于1594—1595年，或1596年，和《理查三世》的写作（或）前（或）后相接。

取材来源

1591年，英国伦敦坊间出版了无名氏的《动荡不安的约翰王朝》（*The Troublesome Reign of King John*），一般被认为是《约翰王》的主要取材来源，故事轮廓大体相似，个别词句也间或有雷同处；但情节叙述、人物褒贬，则有很大的出入。

《约翰王朝》采取的是英国新教立场，约翰王成为反罗马天主教的英雄人物。英国天主教修道院的方丈品德败坏，房内藏匿修女而终于败露。约翰王为这方丈手下的僧侣所谋害，因此他又是新教的殉难者。他的王位继承权是无可非议的。

《约翰王》沿袭传统的史家的观点（也是当时都铎王朝的观点），约翰是王位的窃据者，在他示意下，暗杀他的侄子亚瑟后，英国贵族激于义愤，群起反叛他（不同于《约翰王朝》中的英国贵族向罗马教皇效忠而反叛他），害死约翰王的僧侣并无幕后指使。

在这一历史剧里，莎士比亚以他的大手笔展现出一个阴险肮脏的政治世界，在这片道德的泥沼里独有一位英雄人物发射出人格的光芒，那就是豪迈正直、热爱祖国的私生子菲利普。卷进政治旋涡中、口齿锋利的康斯坦丝（约翰王的寡嫂），因为失去了亲儿子，终于打开了心扉，倾吐一个做母亲的至性至情的哀伤，令人难忘。这些艺术上的成就都是早期的历史剧《约翰王朝》所无从比拟的。